AF192107

NAGY ZSÓFIA

A hangokon túl

novum pro

www.novumpublishing.hu

© 2024 novum publishing

ISBN 978-3-99146-276-7
Lektor: Sósné Karácsonyi Mária
Borítóképek: Nagy Zsófia,
Yelyzaveta Mahda | Dreamstime.com
Borító, tördelés & nyomda:
novum publishing
Szerzői fotó: Nagy Zsófia

www.novumpublishing.hu

Nyomtatva az Európai Unióban
környezetbarát, klór- és savmentes,
fehérített papírra.

Print product with financial
climate contribution
ClimatePartner.com/16547-2311-1001

Tartalomjegyzék

Előszó

Nem azért kezdem ezt a történetet írni, mert az egész emberiség éppen belecsöppent az úgynevezett koronavírus-járvány kellős közepébe. Sosem gondoltam, hogy egyszer csak úgy járunk, hogy már lassan karantén van. Anyukám a 81. életévét tölti hamarosan, és tegnap egy olyan levelet kapott a polgármester úrtól, hogy ha lehet, ki se tegye a lábát az otthonából. Tehát nem azért kezdtem el ezt a történetet, mert itthon ragadtam én is.

Ez a történet egy igen hideg téli napon jutott eszembe, amikor tűzifát szedtem össze a melléképületből, hogy azt bevigyem a kandallóba fűteni, és azóta is benne van a fejemben, sok apró részlettel. Hogy miért pont akkor és miért ez a történet, azt nem tudom megmagyarázni.

Ezzel kezdődött.

Remek, már megint elbóbiskoltam. Esetleg el is aludtam? – Ezen tűnődött Kathie. Tovább morfondírozott, de a szemét még mindig nem tudta kinyitni. *Mi lehet a gond? A fejem is sajog. Talán nem is akarok még felkelni...*

Ezzel a gondolattal újra mély álomba merült. Eltelt egy teljes nap, mire felébredt. Most már jobban érezte magát. Ahogy kinyitotta lassan a szemét, azt vette észre, hogy erős fénysugár szűrődik be a függönyön keresztül. Az ablak nyitva, kellemes szellő járta át a szobát.

Lehet, hogy tavasz van? Még fekve körbenézett. *Itt valami nem stimmel.* Azon tűnődött, mi az, ami nem stimmel? Nehezére esett a felülés, és jobban körülnézett. *Ez nem az én szobám* – szögezte le. *Itt minden ismeretlen, de akkor hol vagyok?*

Ezen túl sokáig nem tudott elmélkedni, mert kinyílt a szoba ajtaja és egy első látásra is igazán kedves arcú, idősebb nő lépett be, kezében egy tányérban almát hozott. Ahogy meglátta Kathie-t, majdnem eldobta a tányért almástól, úgy megörült. Sietős léptekkel ment az ágyhoz. Örömében meg sem tudott szólalni, csak átölelte Kathie-t. Aztán suttogva mondta:

– Végre, magához tért. – Ránézett Kathie-re, nagy mosollyal az arcán. A lány azt sem tudta, mire vélje ezt a nagyon örömteli fogadtatást. Különben is, hol van és ki ez az igen kedves nő? Nem is tudta megkérdezni, mert a hölgy sürgött-forgott körülötte, és közben be nem állt a szája. Mindenféléről fecsegett, amit Kathie nem is értett.

Miről is beszél? Egy erdőről, egy hatalmas robajról, egy összetört autóról, egy férfiról, minden csupa vér... Gyors beszédében magasra emelte a hangját, a kezével összevissza mutogatott. *Na jó, ezt nem vagyok hajlandó tovább követni, amúgy sem értem.* Kathie még mindig nem értette, miről van szó. Közben a hölgy tiszta törölközőt, ruhákat, papucsot hozott Kathie-nek. Mondta neki, hogy fürödjön meg, a ruha, amit hozott, az unokahúgáé, de egyenlőre ez is megteszi, siessen, mert bizonyára már nagyon is éhes lehet. A konyhában fogja várni. Ezzel a lendülettel magára is hagyta Kathie-t.

Na, most akkor nem lettem okosabb. Hol vagyok, és miért pont itt? Ki ez a nő, hogy kerültem ide, miért fáj a fejem, de nagyon? Egyre több kérdése lett. Ahogy felállt az ágyról, kissé megszédült. Hirtelen a fejéhez kapott, éles fájdalom nyilallt a homlokába. *Ez meg már megint mi? Egy kötés a fejemen? Ennek most már utána kell járnom.*

Magához vette a törölközőt és a ruhákat. Elindult az ajtó felé. Hirtelen megállt, lassan körbenézett a szobán. Aranyos, ízlésesen berendezett, nem kihívó, és modernnek sem mondhatta volna. Olyan egyszerű, némi nagylányos motívummal: például a függöny szép égszínkék, egy kis virágos mintával, a bútorok, a szőnyeg és a nagy ágy, minden olyan nagylányos.

Nem rossz – gondolta Kathie, de nem is volt az ő ízlése. Egyszer csak balra nézett, és majdnem elájult. Egy tükörben meglátta magát. Nem akart hinni a szemének. A ruha és törölköző kiesett a kezéből. Lassan közelebb lépett a tükörhöz, még mindig tágra nyílt szemekkel. Alig tudott megszólalni.

– Ez biztos, hogy én vagyok? Az nem lehet! – suttogta elképedve. Megérintette sebes és felduzzadt száját, a kék foltokkal teli bal arcát, a feldagadt, kék-vörös színekben pompázó bal szemét, és a homlokán lévő kötést. Sebesült, sápadt, fáradt, megtört arc nézett vissza rá.

– Szóval ez itt mégiscsak én vagyok.

Nem volt már annyira ijedt, csak egyszerűen értetlenség és nagyon nagy szomorúság fogta el, ami a szívéig hatolt.

Mi lehet ekkora nagy szomorúság a szívemben?

Ezen tűnődött, és végül, felvéve a szőnyegen heverő ruhákat és törölközőt, elindult megkeresni a fürdőszobát. Beült a jó meleg kád vízbe, és próbált visszaemlékezni, mi történhetett vele. De nem jutott eszébe semmi.

Jó, akkor most nem erőltetem. Majd csak eszembe jut később valami.

Szeretett volna több időt tölteni a jó meleg fürdővízben, de arra gondolt, hogy jól megfeledkezett az idős, kedves hölgyről. Már biztosan várja őt a finom étellel.

Különben is, kikérdezi, hogy ő mit tud arról, hogy vele mi történt. Sietve magára vette a ruhákat. Belenézett itt is a tükörbe.

– Hát, ez egyelőre nem szép látvány.

A kedves hölgy már mosolyogva várta a megterített konyhaasztalnál ülve. Majd elébe sietett.

– Hogy érzi magát, kedvesem? – kérdezte Kathie-t.

Mutatta a kezével, hogy foglaljon helyet az asztalnál. Kathie próbálta viszonozni a mosolyt, már amennyire felduzzadt, fájdalmas arca engedte. Ez nem is sikerült olyan jól. A hölgy ezt rögtön észrevette és azt mondta, hogy ne erőltesse meg magát. A gőzölgő étellel kínálta, azt kérte, hogy majd ebéd után beszélgessenek, és biztatta:

– Az evés után egy kicsit erősebb lesz.

Tényleg így lett, sokkal jobban érezte magát. Nagyon jólesett az étel, mintha napok óta nem evett volna semmit. A hölgy megkérdezte:

– Mi a neve?

Kathie akart hirtelen mondani valamit, aztán egyszer csak nem tudott megszólalni. Nem jutott eszébe a neve. Kissé bepánikolt. A hölgy elkezdte megnyugtatni:

– Ne érezd magad ezért rosszul, kedvesem, hiszen nagyon nagy fejsérülésed van. Pár napig eszméletlen voltál. Boldog vagyok azért, mert most itt vagy velem, és jobban vagy. Az én nevem Maggie. Szerintem találunk neked egy helyes és kedves nevet addig, amíg eszedbe nem jut a tied. Szeretném, ha tegező viszonyban lennénk. Te mit gondolsz?

Kathie elfogadta a javaslatot Maggie-től, és abban egyeztek meg, hogy ezentúl az ő neve Carol lesz.

Ez nem is olyan rossz név – gondolta Kathie. *Egyelőre elfogadom.* Ezután Maggie hosszasan elbeszélte, hogyan és milyen körülmények között talált rá Kathie-re. Kathie végighallgatta, de az volt az érzése, mintha nem is róla szólna ez a történet. Mintha valaki másról beszélne Maggie. Jól van, érti ő, hogy róla beszél, csak nem tudja az esze elfogadni. Persze fizikailag mindent alátámaszt az, amit Maggie mond, hiszen fájdalmat érez az egész testében, és hatalmas fáradtság lett újra rajta. Maggie-től elnézést kért, megköszönte az ebédet és azt, hogy törődött vele, de most lepihenne. Érthetetlen volt mindaz, amit Maggietől hallott. Lassan bement a szobába, lefeküdt az ágyra és azon kattogtak a gondolatai, amit Maggie mondott.

Hogy is mondta?

Maggie kint volt a kertben, a szokásos dolgaival volt elfoglalva, amikor egy nagy csattanást hallott a kissé messzebb lévő út felől. Először arra gondolt, meg sem nézi, mert nem az ő dolga. Mindenki csináljon azt, amit akar! Eltelt egy kis idő, mire meggondolta magát és elindult abba az irányba, ahonnan a csattanást hallotta. Ahogy közeledett, egy férfi hangjára lett figyelmes, de nem értette tisztán, hogy miről beszélt valakivel telefonon, inkább csak hangfoszlányokat.

– *Igen... értettem... minden rendben* – majd elindult a másik irányba gyalog. Ennyi volt, amit értett a férfi beszédéből, de igazán nem is érdekelte Maggie-t, mert a látványtól, ami fogadta, teljesen riadtan állt meg. Földbe gyökerezett a lába. Egy kocsi nagyon csúnyán nekiütődött egy fának. Mire Maggie magához tért a sokkból, a férfi már messze járt az úton. Nem láthatta Maggie-t; nyugodtan ment, nem is fordult hátra. Maggie lassan odament a kocsihoz. Gondolta, nincs benne senki, hiszen a férfi csodával határos módon megúszta ezt a balesetet és nyugodtan el is ment. Közelebb érve a kocsihoz megrökönyödve látta, hogy bent van a kocsiban egy fiatal nő, a fején és arcán elég csúnya sérülés. Rögvest megnézte, hogy él-e még. Maggie-ben elkezdtek pörögni a gondolatok, mit is kellene tennie itt, ezen a helyen ahol csak a madarak élnek, mókusok, az erdő békés állatai, egy barátja, kb. 1,5 km-re innen, na meg ő. Elsietett, ahogy csak bírt, Frank barátjához, elmondta neki nagy izgatottan, hogy mi történt. Beültek Frank kocsijába, és a balesethez érve Maggie azt kívánta, hogy csak éljen még az a fiatal nő a kocsiban. Amint odaértek, Frank is megdöbbent az összetört kocsi láttán.

– A nő még él – mondta.

Óvatosan ki tudták venni a kocsiból. Azt vették észre, hogy a feje és az arca sérült meg. De Maggie nem akarta kórházba vinni. Egy csomó dologgal érvelt Franknek: a kórház nagyon messze van, rendőrség, kihallgatás. Nem hiányzik ez neki. Inkább vállalja azt, hogy vigyáz rá és meggyógyítja. Az ő gyógynövényes ismereteivel kezelve, szerinte hamarosan lábra áll. Frank is belátta, hogy sokkal jobb lesz így mindenkinek. Neki sem hiányzik az a cécó, és úgy látta, hogy a nő nem sérült meg annyira, hogy kórházba vigyék. Habár az eszméletlenség vont maga után némi kétséget, de azért közös egyetértésben, óvatosan betették a kocsiba. Maggie hátra ült, és a nő fejét az ölébe fektette. A Maggie házához vezető úton arról beszélgettek, hogy vajon mi történhetett, és az ismeretlen férfi miért hagyta csak így egyszerűen, teljes nyugalommal magára? Frank vezetett, és ahogy Maggie tartotta a nő fejét az ölében, közben simogatta az arcát és beszélt hozzá.

– Minden rendben lesz.

Maggie tekintete végigfutott a nő vérfoltos ruháján, s arra gondolt, nem lehet csak egy egyszerű nő. Próbálta kitalálni a korát. Talán harminc, harminckét éves lehet. A ruhája nagyon is modern, csinos, igazán jólöltözött. Az ép arcán visszafogott smink, haja szép, rendezett, mint aki most lépett ki egy elegáns fodrászüzletből. Vagy inkább egy divatlapból? Talán egy megbeszélésre ment, egy fontos találkozóra? Mindenképpen különös.

Maggie házához értek. Óvatosan bevitték a házba, és lefektették az unokahúgának ágyába.

– Jó helyen lesz, kényelmesen.

Hirtelen eszébe jutott valami, és az ajtón kilépő Frankhez fordult.

– Várj csak! Most jutott eszembe, hogy a nő táskáját otthagytuk a kocsiban, vagy valahol a baleset helyszínén.

Frank megígérte, hogy visszamegy és megkeresi. Így legalább megtudják, hogy ki lehet a nő, és jó esély van arra, hogy értesíteni tudják a hozzátartozókat. Ezzel el is sietett. Maggie folyamatosan figyelt rá, van-e láza, ellátta sebeit gyógynövényes borogatással, beszélt hozzá, mint régi ismerős. Frank másnap átjött megnézni, van-e valami javulás. Kathie személyazonosságát illetően semmiféle táskát és iratot nem talált a kocsiban, és a helyszínt is jó nagy körben végigjárta.

A sérült a harmadik napon magához tért, és Maggie nagyon boldog lett. Azt még Maggie sem tudta megmondani Kathie-nek, mit lehet kezdeni azzal, hogy ő nem emlékszik semmire. Idővel bizonyára ez is megoldódik.

De addig is mihez kezdjek?

Kathie arra gondolt, hogy nem fog kétségbe esni, már csak azért sem! Előbb-utóbb valahogy meg kell találnia azt a férfit, aki a kocsinál volt. Ő bizonyára ismeri, de miért hagyta így magára, ilyen nyugodt szívvel? Ez bizony érthetetlen.

Kathie eltűnődött. Lehet, hogy ő belekeveredett valami nagyon zűrös ügybe? Akkor viszont az lenne a legjobb, ha minél később eszmélne rá a múltjára. Ha valamikor visszatérnek az emlékei, először utánajár annak, hogyan és miért került ilyen helyzetbe. De addig is, inkább legyen a múltja ismeretlen, minthogy a börtönben kelljen sínylődnie. Na, azt már nem!

Úgy határozott, hogy nem fogja siettetni az emlékezést. Nagyon úgy tűnik, hogy Maggie egy szeretetre méltó idős hölgy, és Frank, a barátja sem egy olyan ember, aki ártani akar másoknak. Nagyon jó lesz neki itt. Itt marad. Segít mindenben Maggie-nek. Elkel neki a segítség, hiszen már nem olyan fiatal, kb. hatvanöt éves lehet, biztosan ő is örülni fog ennek a jó döntésnek.

Kathie ezekkel a jó gondolatokkal el is aludt. Maggie benyitott a szobájába és azt látta, hogy Kathie most sokkal békésebben alszik, mint az elmúlt napokban. Gondosan betakarta a lányt. Örült annak, hogy valamiért ide küldte ezt a fiatal nőt a Jóisten. Tudta jól, hogy mindennek van valamilyen oka. Érezte, hogy ez a nő itt és most jó helyen van. Az unokahúga, Mary, mostanában egyre kevesebbet látogatja, és ha eljön, akkor is csak egy rövid időt tölt el vele. Kezdte úgy érezni magát, mint egy remete. Erre pedig az Úr küldött neki egy kedves barátot.

Persze, itt van Frank. Gyermekkoruk óta ismerik egymást. Itt élnek az erdőben, amióta az eszüket tudják. A szüleik meghaltak már egy jó ideje. Frank egy hosszú ideig a városban élt a családjával, de amikor meghalt a felesége, visszaköltözött a szülői házba. Újra erdész lett. Hiába, ez az élete. Hasonlóképpen, mint Maggie-nek. Csakhogy Maggie férje nem halt meg, hanem megismert egy másik nőt és más tervei lettek. Így aztán különváltak útjaik.

Jól van ez így. Szeret itt élni. Meg van mindene, amit csak szeretne. Rendezett a ház, van egy szép, nem túl nagy veteményes- és virágoskertje, valamennyi tyúkja, és egy kecskéje. Nem elfelejtendő, hogy nagyon jól ért a gyógynövényekhez. Ezt még a nagymama tanította meg neki. A nagymama mindig azt mondta: „Ezt nem lehet csak úgy megtanulni, adottság is kell hozzá!"

Nagyon örült annak, hogy a lánya helyett az unokájának át tudta adni ezen ismereteit, mivel a lányát egyáltalán nem érdekelte. Gyógynövények nem csak az erdőben vannak, hanem ő is termeszt néhány fajtát. Ezeket kellő időben összegyűjti, szárítja, teakeveréket és krémeket készít, szépen becsomagolja, és beviszi a városba eladni. Sokan ismerik őt, tudják jól, hogy Maggie-hez mindig biztonsággal lehet fordulni, szinte mindenre tud valamilyen gyógymódot, gyógyteát és kenőcsöt. Most itt van ez a nő a házában, majd kiderül, mi történik.

Ahogy így elmélkedett, kopogtatást hallott az ajtón. Frank volt az. Maggie kilépett hozzá, köszöntötték egymást, és leültek a teraszon lévő kettő hintaszékbe. Az évek alatt ez már szokásukká vált. Itt tudtak igazán jókat beszélgetni.

– Kérsz valamit inni? – kérdezte Maggie, majd hozott Franknek egy pohár teát.

13

– Nagy újság van – mondta Maggie. Olyan gyorsan és izgatottan mondott el mindent, hogy Franknek igazán nagyon kellett figyelnie, nehogy egy apró részletet is elveszítsen, ami számára is fontos. Frank örült annak, hogy most már jobban van a fiatal nő. Maggie azt is elmondta, hogy nem emlékszik még arra sem, hogy mi a neve, ezért a Carol névben egyeztek meg. Ezt a nevet helyeselte Frank is; úgy gondolta, igazán hozzá illő név, olyan modern hangzása van. Ahogy Kathie-t betették a kocsiba és elhozták Maggie-hez, neki is feltűnő volt a nő elegáns kinézete. Igen, jó lesz ez a név, Carol. Végre van neve is. Beszélgettek még egy kicsit, aztán Frank megígérte, hogy másnap is eljön. Maggie visszament a házba, és benézett Kathie szobájába. Megnézte, hogy van-e láza, de nagy megkönnyebbülésére nem volt. Elnézte egy darabig nyugodt alvását. Aztán arra gondolt, milyen jó lenne, ha Carol itt maradna vele legalább egy kis ideig. Nem akarja ő lekötni, de még a kevés beszélgetésük alatt is nagyon megkedvelte.

Kiment a szobából, de ahogy be akarta csukni az ajtót, az jutott az eszébe, hogy résnyire nyitva hagyja. Carolnak szüksége lehet az ő segítségére, ha kiáltani fog, azt meghallja. Így hát nyugodtabban hagyta magára Carolt, és bement a konyhába rendet rakni. Este, lefekvés előtt újra bement hozzá. Vitt neki egy csésze gyógyteát, hátha felébred és megszomjazik, és az asztalra tett egy gyógynövényes krémet, a karján lévő ruhákat leterítette a szófára. Megnézte a homlokát.

Nem lesz semmi gond, rendbe fog jönni.

Ébredés

Kathie másnap reggel, talán innentől inkább hívom Carolnak, tehát Carol másnap reggel, némi fájdalommal az arcán és a fején, de viszonylag kipihenten ébredt fel. Nem kelt fel, mert ahogy lassan kinyitotta a szemét, csodálkozva nézte azt a szépet: a reggeli napsugár fénye játszadozva bevilágította a szobának egy részét. Ez a reggeli fényjáték annak is köszönhető volt, hogy odakint a szellő a fák levelét, ide-oda fújta. Ennek a kettősségnek olyan szép fénye lett, amelyet még Carol nem látott. Na és milyen hangokat hall? Hirtelen nem is tudta, mire vélje... Többféle madár hangja keveredett egymással. Hangos és csivitelő, vagy reggeli hívogató? Csodás! Nem tudott betelni mindezzel... Úgy érezte, ha megmozdul, minden eltűnik. Érezte azt is, hogy ez a szépség nem fog túl sokáig tartani, de nem akarta elengedni.

Csak még, maradjon még...

Így maradni egész nap, nézni ezt a fényjátékot, hallgatni a madarak énekét. Na persze nem lustaságból maradni, inkább csodálatból, a természet csodája miatt.

Carol eltűnődött. Vajon hány ember lát ilyen természeti jelenséget reggel, amint kinyitja a szemét? Vajon ebben a szobában minden napsütötte reggelen ez a látvány fogja fogadni, és ez a csodás hangvilág?

Nem fogok innen elköltözni sehova...

Aztán eszébe jutott a tegnapi nap; Maggie kedvessége és mindaz, ami még most is olyan felfoghatatlan.

Tényleg, az emlékeim?

Próbált emlékezni.

Neeem, még mindig nincs semmi. Talán újra be kellene ütnöm a fejemet, habár még ezt sem hevertem ki. Oké, ideje felkelni. Megnézem, merre van Maggie, és mit csinál.

Felült az ágy szélére. Az ágya melletti asztalon meglátta a teát és a krémet. Nem messze tőle, a szófára ki voltak téve ruhák, több is, mint ami kellene. Carol lassan felállt.

Szuper, nem zúg a fejem. Ez már egy lépés előre.

Lassan odasétált az ablakhoz. Az ablakhoz érve azon csodálkozott, hogy az... majd miután lassan körbenézett a szobán az ablak íve miatt, meglepődve látta, hogy az egész szoba félköríves. Elmosolyodott. Nagyon tetszett neki ez a megoldás. *Furcsa* – gondolta. Aztán a szoba másik részére esett a tekintete. *Maggie milyen figyelmes! Teát készített nekem, krémet az arcomra, és mennyi ruhát hozott!* Találomra felvett pólót, nadrágot. Nagyon megörült, mert ez az ő mérete is. A krémet a kezébe vette, és a tükörbe nézve óvatosan bekente a szemét és az arcát. *Hamarosan szebb lesz, és nem fog fájni. Most már mehetek Maggie-hez.*

Kiment a szobából a nappalin át, s már akkor megérezte a pirítós illatát. Maggie a konyhában elkészítette a reggelit. Pirítós, tükörtojás, saláta, sajt, és tea. Nagyszerű reggeli; Carol most ennél finomabbat el sem tudott képzelni. Maggie-re mosolygott, már amennyire tudott, még fájdalmas volt ez is. Megköszönte a teát, a krémet a ruhákat és a reggelit, majd leült az asztalhoz.

– Hogy aludtál? – kérdezte Maggie.

– Köszönöm, egészen jól. Na és reggel az a csodás napfény és a madarak éneke... teljesen magával ragadott.

Maggie tudta jól, hogy Carol miről beszél, hiszen mielőtt Mary hozzá került, az a szoba az ő hálószobája volt. Ha időben felébredt, mindig láthatta azt a „csodás fényjátékot a madarak énekének aláfestésével", mert így nevezte el.

– Tudom, miről beszélsz, korábban én is megcsodálhattam, de később ez a szoba Maryé lett, az unokahúgomé. Mary nem igazán volt odáig érte. Nem értettem, hogyan lehet ez, számomra is csodás élményt nyújtott minden reggel.

– Igen, igen. – lelkendezett Carol. – Én is csodásnak találom. Hogyan lehetséges ez?

Maggie elmesélte neki, hogy a valamikori férje úgy építette meg ezt a házat, hogy minden reggel a napfény első sugarai a szobájuk ablakán lépjenek be az életükbe, és azt akarta, hogy ez az érzés elkísérje őket egész nap. Úgy gondolta, hogy ha ilyen szép élménnyel indul a napjuk, akkor minden napjuk ilyen szép lesz.

– Sajnos ez később nem így alakult, de a reggeli szép látvány megmaradt.

Carol tovább faggatta Maggie-t, mi történt kettejükkel. Ő pedig elmesélte történetüket. A volt férje, Henrik, ugyanabban a középiskolában tanult a közeli városban, amelyikben Maggie, de nem voltak osztálytársak. Henrik egy évfolyammal fentebb járt. Persze Maggie egyből kiszúrta, hogy milyen jóképű, amikor első alkalommal látta a kosárlabdacsapatban játszani. Teljesen odavolt érte. Amikor már jobban megismerték egymást, Henrik elmondta, hogy ő is felfigyelt azon a meccsen Maggie-re, és akkor elhatározta, hogy megpróbál megismerkedni vele. Ez így is lett. Pár nap múlva megvárta az iskola előtt, és elkísérte a buszmegállóig. Később pedig az iskola után elmentek filmeket megnézni, és bálokba is jártak. Ha tehették, sokat sétáltak a város parkjaiban. Eljártak fagyizni és körhintázni.

Maggie egy kissé elkalandozott, gondolatait hangosan is kimondta.

– Henrik milyen jól tudott táncolni... – Maggie ezt az emlékeiben elmerülve mondta, Carol pedig olyan kedvesnek találta, hogy elmosolyodott.

Henrik nagyon jómódú családból származott, ezért a szülei nem nagyon voltak elragadtatva a fiuk választottjától, hiszen Maggie szülei csak átlagos anyagi helyzetűek voltak. Amikor Maggie kijárta az iskolát, még egy évig jegyben jártak és utána összeházasodtak. Henrik pedig egy építkezésen dolgozott addig, mint segédmunkás. Itt kezdtek el élni, ebben a házban a szüleivel. Akkor kicsinek találták az akkori szülői házat, és Henrik az ő édesapjával elkezdte kibővíteni, felújítani. Henrik nem volt építész, de valahogy nagy érzéke volt ahhoz, hogy csodálatosan behozza a napfényt a ház különböző helyiségeibe. Mindig azt mondta: becsalogatja a nap sugarait az épület belsejébe, és valami különlegeset akar alkotni. Maggie azt ajánlotta Carolnak, hogy ismerje meg jól a házat és fedezze fel, hogy a napnak melyik szakában, hol és milyen hatással érkezik be a fény a házba.

Carol ettől teljesen el volt ámulva; ezért olyan csodálatos a reggel az ő szobájában!

Maggie tovább mesélte a történetüket. Henrik később beiratkozott egy építészeti iskolába, ahol házakat tudott tervezni. Közben megismerkedett egy lánnyal, és egyre kevesebbet járt haza. Úgy döntöttek, szétválnak útjaik.

Carol megkérdezte Maggie-t:

– Nem haragszol rá, amiért elhagyott téged?

Maggie nem hibáztatta, mert tudta, hogy Henrik nem arra hivatott, hogy itt éljen az erdő közepén. Be kellett látnia és elfogadnia azt, hogy Henrik a képességeivel másként tudja megvalósítani az álmait. Maggie ebben már nem tudott részt venni. Neki az itteni élet volt a mindene. Carolnak újabb kérdése lett.

– Találkozol néha Henrikkel?

Maggie megcsóválta a fejét és könnybe lábadt a szeme, de határozottan válaszolt.

– Jól van ez így. Mindenki a maga útját járja.

Carolnak is azt tanácsolta, hogy ne adja fel a reményt, és próbálja meg néha az emlékeit keresni. Bizonyára nem véletlenül ült abban a kocsiban. Valamilyen céllal volt úton. Reméli, hogy hamarosan mindenre fény derül, de addig is, amiben tud, segíteni fog neki.

Carol érdeklődött a Mary nevű unokahúgról is.

Maggie elmesélte neki, hogy Mary hogyan került hozzá. Amint Mary betöltötte a 18. életévét, a családjától elköltözött, mert a maga ura akart lenni. Egy rövid ideig itt élt vele, de ahogy munkát ajánlottak neki a várostól nem messze lévő nagybirtokon, mint szobalány, elköltözött tőle is. Azóta ritkán látja. Néha összefut vele a városban, vagy kijön hozzá egy hétvégére, amikor szabadnapos. De ez is ritkán fordul elő. Mary folyton csak azt hajtogatja, hogy rengeteg a munkája, nem tud Maggie-hez kijönni. Ahogyan ő idősödik, egyre jobban érzi azt, hogy jó lenne, ha valaki mellette lenne, segítene neki ebben-abban. Ahogy ezt kimondta, kissé félrehajtotta a fejét és ránézett Carolra. Carol elmosolyodott egy kicsit: értette ő, hogy Maggie mire gondol. Boldogan mondta neki:

– Tegnap délután éppen én is erre gondoltam. Szeretnék itt maradni, legalább egy rövid időre, ha te is beleegyezel, Maggie.

Most már mindkettőjük részéről nagy volt az öröm, habár Carolnak lettek kétségei, hogy egyáltalán mihez ért ő, miben is tud majd Maggie segítségére lenni. Sebaj, majd mindent megtanul. Abban biztos volt, hogy ő elkötelezett, kitartó és szorgalmas. Reggeli után Maggie megmutatta a házat Carolnak.

– A szobádat már ismered, a fürdőszobát és a konyhát is.

Maggie körbevezette Carolt, aki most vette csak észre, hogy milyen különleges megoldásokkal és motívumokkal van tele a ház. Maggie magyarázott és mutogatott a ház falairól, és a különleges megoldású ablakok beépítéséről beszélt. A ház nagy része fából készült, gyönyörű megmunkálásokkal, több helyen íves megoldásokkal, és terméskővel kirakva. Természetesen, hiszen állítólag egy erdőben állt. Az ablakok Carol számára érdekes szögekben voltak beépítve a falak közé. A ház falainak több olyan oldala is volt, amelyen egybefüggő, félköríves, nagy ablakok voltak. Maggie elhúzta a függönyöket, hogy még jobban beáradjon a fény. Délelőtt tíz fele járt az idő. Maggie újra elmagyarázta Carolnak, hogy az úgynevezett fényjátékot a napnak melyik szakaszában hol lehet látni a legjobban, a ház melyik helyiségében. Ezért láthatja azt, hogy a falakon az ablakok más és más irányban helyezkednek el.

– Különleges és nagyszerű ajándéka ez Henriknek a mai napig.

Carol ámulva nézte a délelőtti napfényt a nappaliban. A nappali nem volt túl nagy, de a rendkívül barátságos berendezés, a falak kialakítása és anyaga eleve megadták minden helyiségnek a hangulatát. A házban három szoba vette körül a nappalit. Az egész ház kör alakú volt, nem a megszokott négyzet alaprajzú. Erre figyelt fel a saját szobájában is. Egy kisebb folyosóból nyílt a fürdőszoba, a konyha és a kamra. Carol csodálkozva ment Maggie után, aki tovább magyarázott. Kimentek a ház elé, a teraszra. Itt volt elhelyezve két hintaszék, két karosszék, és egy nagy asztal. Az asztalon egy rejtvényújság hevert, mellette a vázában egy csokor nárcisz árasztott kellemes illatot. Maggie intett neki, hogy szeretne még mutatni valamit. Maggie büszkesége a kertje volt, a virágoskert, ahol most még csak a lila és fehér hunor, a sárga nárcisz, rengeteg kék és fehér ibolya, lila és sárga krókusz pompázott, s a leveleit bújtatta a sok tulipán.

– Hamarosan itt minden virágba borul, nem csak a kert, hanem a fák is. Meglátod, Carol, milyen csodás lesz tavasztól késő őszig. Én alig tudom itt hagyni a gyönyörű virágözönt. Szinte minden időmet itt töltöm kint a virágokkal, a veteményessel és a gyógynövényes kertemmel. Korán reggel megetetem a tyúkokat, az egy szem kecskémet és összeszedem a tojásokat. A kecske viszont este tejet is ad. A kecsketejből készítek sajtot is. Ezt etted most a reggelihez, ami nagyon finom – mondta Maggie mosolyogva. – A kertből és az erdőből most túl sok mindent nem látsz, de kezdenek nyílni a virágok, és lassan a fák is bontják a leveleiket és virágaikat. Van még pár gyümölcsfám a ház mögött, azokat majd később megnézhetjük együtt is. Úgy gondolom, hogy elég volt neked mára ez a kis séta. Nem vagy fáradt?

Carol észre sem vette, hogy ennyire eltelt az idő. Hamarosan dél. Maggie arra kérte, hogy az ebédig pihenjen le, és ha úgy tartja kedve, még majd beszélgetnek ebéd után. Carol megfogadta tanácsát és elment pihenni. Ahogy lefeküdt az ágyon, a házra gondolt, hogy milyen csodás itt minden. Nem tévedett sem Maggie-t, sem a házat illetően, helyes döntést hozott: tényleg itt marad. Hiszen Maggie is szívesen látja. Becsukta a szemét, és el is aludt.

Maggie rendezkedett a konyhában és azt nézte meg, hogy az ebéd elég lesz-e kettejük számára. Kinyitotta a hűtőt és elégedetten csukta vissza: több is van itt, mint két embernek való. Egyszer csak nyílt a bejárati ajtó. Maggie meg is ijedt. Frank? Aki kint állt, nem kopogott, pedig ő azt sohasem felejti el, anélkül nem lép be még Maggie-hez sem. Mi történik? Ki lehet az ilyen illetlenül? Túl sok lehetőség nem volt, hiszen alig ismert pár embert itt a környéken, aki csak úgy idejönne. Mindenki, akit ismert a városban találkozik vele. Lenne valami sürgős kérés?

Gyorsan kilépett a nappaliba, és nagy meglepetésére Maryt találta ott.

20

- Hát te? - kérdezte Maggie. - Valami baj van? Nem szokásod csak úgy kijönni hozzám, főleg a hét közepén nem. Ülj le. Nemsokára eszünk. Itt maradsz ebédre?

Mary nem vágott Maggie szavába, csak a szemeivel kutakodott, mintha keresne valamit.

Maggie-nek feltűnt, hogy nagyon izgatott. Maggie újra megkérdezte tőle, és kérdőn felhúzta a szemöldökét.

- Valami baj van?

Mary végre megszólalt.

- Drága Maggie néni, azért jöttem, mert - és nyomott két puszit Maggie arcára - összetalálkoztam Frank bácsival.

Maggie rögtön arra gondolt, hogy csak nem járt el a szája máris Franknek Carol megtalálásáról? Éppen Marynek? Már csak ez hiányzott! Ezt nem gondolta volna Frankről.

Nem is tudott ezen tovább töprengeni, mert Mary nagyon izgatottan elkezdte mondani, hogyan beszélte el a balesetet Frank. Maggie megnyugodott, mert Mary elbeszéléséből úgy ítélte meg, nem tud minden részletet.

Frank megbízható! - gondolta Maggie megnyugodva.

Hogy is gondolhatta Frankről...

Mary mindenáron látni szerette volna Carolt. Maggie mondta neki, hogy most éppen pihen, mert kimerítette a több órás fentlét. Ebédnél felébreszti, és akkor találkozhat vele. Maggie meg akarta tudni, hogy Maryt miért érdekli ennyire az, hogy ki van nála és miért. Mary elkezdett mindenféle dolgot mondani, amelyek nem voltak Maggie számára teljesen egyértelműek. A lényeg az, hogy kíváncsi Carolra, és ennyi.

Maggie megterített az asztalnál, és elkezdte melegíteni a húslevest és a második fogást. Kopogtatást hallott az ajtón, és belépett Frank. Maggie készített még egy terítéket, közben arra gondolt: *Még jó, hogy tegnap többet főztem, így elegendő lesz mindenkinek.*

Frank köszöntötte őket, és meglepődve látta, hogy Mary is itt van. Arra gondolt, hogy inkább visszajön később. Már indult is az ajtó felé, de Maggie marasztalta.

– Maradj itt te is ebédre. Legalább együtt ehetünk. Ilyen alkalom úgyis ritkán fordul elő, és most megismerhetitek mind a ketten Carolt is.

Elment Carol szobájába, és kedvesen felébresztette a lányt. Carol hamar felébredt, mert nem aludt mélyen, inkább csak elszundított. Rámosolygott Maggie-re, és felült az ágyon. Látta, hogy Maggie kissé feszült. Meg is kérdezte:

– Valami gond van?

Maggie elbeszélte neki, hogy Mary milyen hirtelen bukkant fel, és Carolt szeretné megismerni, valamint Frank is itt van. Ezért most várják őket az ebédlőben. Carol azt gondolta, hogy valami nagyobb baj van, így mosolyogva mondta Maggie-nek:

– Akkor mire várunk, menjünk ebédelni.

Maggie megkönnyebbült, hogy Carol nem érzi ezt a helyzetet kényelmetlennek, és nem kellett neki magyarázkodnia sem. Carol a fürdőszobában felfrissítette magát; a tükörből még mindig egy fáradt és színekben gazdag arc nézett vissza rá. *Nem baj, lesz ez még szebb is* – gondolta, és belépett a konyhába. A finom étel illata ráébresztette, milyen éhes. A konyhában várakozó két ember az első pillantásra vegyes érzéseket váltott ki belőle.

Először a Mary nevű unokahúg mutatkozott be. Az egész lényéből és szemeiből sugárzó megmagyarázhatatlan, tartózkodó és fürkésző pillantása rossz érzéseket váltott ki Carolból.

Lehet, hogy az a baja, hogy nem csak a szobáját, de már Maggie szívében az ő helyét is elfoglaltam? El kell ismerni, ez okot adhat neki arra, hogy első benyomásra is ellenszenvet váltsak ki belőle.

Frank viszont nagyon kedvesen és némi hálaérzéssel fogadta.

Bizonyára megviselhették őt is az átélt események, és szívesebben látja azt, hogy mégsem haltam meg. Első benyomásra is kedves embernek tűnik. Frank egy idős lehet Maggie-vel. – Ez suhant át a gondolatain.

Carol meg is köszönte segítségét. Frank csak mosolygott, és bólintott a fejével. Csak annyit kérdezett:

– Hogy van?

Carol erre most nem is tudott választ adni, mert Maggie már meg is hozta az asztalra a forrón gőzölgő levest. Egyelőre csendben kanalazták az ételt. Carol egy kicsit feszültnek érezte a hangulatot, de aztán Maggie megtörte a csendet azzal, hogy Maryt kezdte el faggatni, milyen új fejlemények vannak most a nagybirtokosnál, vannak-e mostanában is vendégei, és készülődik-e a tavaszi ünnepségre?

Mary próbált egy mondatban megfelelni; látszott rajta, hogy nincs kedve a nagy beszélgetéshez.

– Igen, megtartják a szokásos tavaszi ünnepséget. Majdnem elfelejtettem, elhoztam a ti meghívótokat is. Részben ezért is jöttem hozzád, Maggie néni – válaszolta Mary, közben folyton felnézett Carolra, aki ezt észre is vette.

Vajon mi lehet az oka, hogy Mary így méreget? Az arcom nem valami szép látvány, az már biztos. Lehet, hogy ez zavarja? – gondolta Carol. *Jobb lenne jóbaráti viszonyt kialakítani Maryvel. Hátha később más véleménnyel lesz rólam. Nem mindenki tud első látásra valakit megkedvelni. Nem gond, majd teszek róla, hogy jobb belátásra bírjam, habár Mary sokkal fiatalabb, mint én. Hány éves lehet? Nem kérdeztem meg Maggie-től. Talán huszonhárom?*

Az ebéd után kimentek a teraszra. Frank elkezdte kérdezgetni Carolt, hogy van, tetszik-e neki ez a hely.

– Jobban érzem magam, mint tegnap. Köszönöm. Minden nagyon csodás – mondta Carol.

Persze abba nem akart belemenni, hogy megossza velük a „reggeli fényjáték és madarak hangjai”-élményét, mivel tudta, hogy Marynek ez amúgy sem tetszik, tehát ez nem is ad okot egy következő témára. Carolnak is voltak kérdései.

– Hogyan vásárolnak be itt az emberek, amikor ennyire elszigetelten élnek, főleg télen?

Maggie kezdte erre a választ megadni.

– Frankkel a városba megyünk vásárolni minden héten legalább egyszer. Nincs olyan messze, gyalog is kb. egynapi járásra van, kocsival pedig közel egy óra alatt odaérünk. Mind a ketten megyünk a magunk útjára, és később találkozunk, hogy vissza jöjjünk együtt.

Carol megkérdezte:

– Pontosan mit jelent az, hogy a „magatok útján” mentek?

Frank mondta el neki a saját dolgait:

– Én elintézem az üzleti dolgaimat. Sokat üzletelek a nagybirtokossal – jobban mondva az intézője az, aki mindent felügyel. A nagybirtokos neve, Sir Alfréd de Gordé, magunk között csak Alfréd úrnak mondjuk. Még csak egyszer találkoztam vele, az első szerződéskötés alkalmával, onnantól csak az intézőjével. Úgy tudom, hogy a birtok tulajdonosa egy igen elfoglalt ember.

Mary itt közbeszólt:

– Én jobban ismerem, mint ti, mert ott dolgozom szobalányként. – Persze ezt inkább Carolnak mondta. – Tudom jól, hogy köztudottan egy arrogáns embernek ismerik, pedig nagyon sok jó tulajdonsága is van. Itt van például a szokásos tavaszi fesztivál, ami minden évben az ő otthonában kerül megrendezésre. Több száz fő lesz ott az idén is, akiket meghívott. Egy igazi nagy vigasság. Sőt, most inkább egy nagy álarcosbál lesz. Az igaz, hogy nagyon szigorú is tud lenni, de mindig pontosan kifizeti az embereit, akik ott dolgoznak nála, és a fizetés nem rossz. Én meg vagyok elégedve, nincs okom panaszra. – Mary ezzel be is fejezte mondandóját és szinte duzzogott, mert úgy érezte, hogy a munkaadóját inkább megvádolják mogorva viselkedése miatt, minthogy megbecsülnék. Persze ez nem éppen Maggie-re és Frankre vonatkozott, hanem inkább a város közvéleményére.

– Amúgy meg… – Mary most már kifejezetten duzzogva folytatta mondandóját, mint egy durcás kisgyerek: – Az idén azt is megengedte, hogy az alkalmazottai is részt vegyenek egy rövid ideig az álarcosbálon. Pontosan este nyolctól, tíz óráig. Hol van még egy ehhez hasonlóan kedves munkaadó, mint, Alfréd úr?

Ezzel a kijelentésével Mary egy időre magába is fordult, nem szólt már semmit. Aztán egyszer csak felpattant a karosszékből – úgy gondolta, hogy neki ennyi elég is volt a látogatásból. Az ő megbízatása itt véget ért: átadta a meghívókat Maggie-nek és Franknek. Ezzel viharosan el is köszönt. Maggie és Frank is csak nézett utána.

– Ezt a lányt meg mi lelte? – kérdezték szinte egyszerre.

Mary bevágódott a kocsijába és úgy indult el, hogy porolt utána az út. Maggie legyintett; úgy gondolta, nem gond ez, majd megbékél…

Maggie folytatta a vásárlási szokásainak elmesélését:

– Amíg Frank intézi a dolgait, én az egyik helyi kereskedőhöz megyek, és ő felvásárolja a gyógynövényteákat és kenőcsöket. De vannak olyan ismerőseim is, akik közvetlenül tőlem rendelnek. Már megszoktam, hogy amikor megérkezem a városba, már van, aki vár engem. Így aztán megbeszélem velük, kinek mire és mi kellene. Ezeket feljegyzem a füzetembe, és általában a következő héten már el is tudom vinni azt a gyógynövényekből készült termékeket, amire szükségük van. Utána bevásárolok. Nekem kevés dologra van szükségem. Megpróbálok önellátó lenni. Utána találkozom Frankkel, és hazahoz. Nekem is van egy jó kocsim, de én már nem vezetek.

Carol elkezdett jobban érdeklődni.

– Milyen ez a város? Mit lehet ott csinálni?

Frank mondta el neki, lelkesen:

– Sok jó és színvonalas üzlete van. Éttermek, büfék, szórakozóhelyek. Szinte mindent meg lehet venni, vagy esetleg megrendelni. Élelmiszerboltok, kisebbek és nagyobbak, ruházati üzlet, divatos ruhák, butikok, ékszerek, könyvesbolt, és nem utolsósorban csodás parkjai vannak, virágokkal és szökőkutakkal kialakítva, ahol nagyokat lehet sétálni és piknikezni a családdal. Itt mindent megtalálsz, amit csak szeretnél. Arra gondoltam, hogy velünk jöhetnél a városba, amikor legközelebb megyünk.

Maggie nem tartotta túl jó ötletnek, szerinte ez még túl korai, és hosszú, megterhelő utazás lenne Carolnak.

– Talán inkább egy kis időnek el kellene telnie, míg Carol jobban nem érzi magát.

Frank is belátta, hogy Maggie-nek igaza van, csak ő gondolta úgy, hogy jó lenne megmutatni Carolnak, hogy milyen szép a város. Végül is nem baj. Ami késik, az nem múlik. A fontos az, hogy Carol minél hamarabb meggyógyuljon.

Frank úgy gondolta, hogy elég későre jár, és neki még van dolga. Megkérdezte Maggie-t, szüksége van-e valamire, mert akkor azt holnap elhozza neki. Maggie megköszönte figyelmességét és azt mondta, hogy megvan minden, ami kell. Frank elköszönt, és sietősen beült a kocsiba.

25

Tényleg hamar eltelt a délután. Carol szeretett volna még kérdezni pár dolgot Maggie-től, de aztán arra gondolt, hogy holnap is lesz nap, nem fárasztja most Maggie-t a kérdéseivel. Valamint már ő is kezdett fáradni. Megkérdezte Maggie-t:

– Szeretnéd-e, hogy segítsek a konyhában?

De Maggie megnyugtatta, hogy Carol menjen csak pihenni.

– Mit szeretnél enni vacsorára? – kérdezte Carolt.

– Köszönöm, én most nem is vagyok éhes – válaszolt Carol. Maggie elmondta neki, hogy a szobában, a polcokon talál jó könyveket, ha van kedve, olvasson. Ezzel el is ment a konyhába. Carol fürdés után megnézte a könyvespolcon kínálkozó köteteket, és tényleg talált olyan könyvet, amibe beleolvasott és érdekesnek találta. Éppen hogy leült a szófára, mikor Maggie halkan kopogott az ajtón és hozott egy újabb gyógynövényteát Carolnak. Kérte, hogy igya meg lefekvés előtt, jobban tud majd aludni. Jó éjt kívántak mindketten. Carol csak pár oldalt olvasott el a könyvből, mert csukódni kezdett a szeme. Letette a könyvet a kis asztalra, megitta a teát, aminek egy kicsit furcsa íze volt, de iható, és bekente az arcát a Maggie-től kapott krémmel. Ezután el is ment aludni.

Kényszerpihenés és gyógyulás

Carolnak reggel az volt az első gondolata még csukott szemmel, nagyon reméli, hogy nem aludta át a fényjátékot. Kinyitotta a szemét.

Megvan... csodás...

Megnyugodva és csodálattal nézte, hallgatta a természet ajándékát.

Ezzel nem lehet betelni – gondolta. Később felkelt, rendbe hozta magát, már csak futólag nézett a tükörbe. Mintha egy kicsit már szebb lett volna az arca, már nem is fájt annyira a szeme és az arca sem. Újra bekente a krémmel, aztán benyitott a konyhába, de nem találta ott Maggie-t.

Hol is lehet? Persze a tyúkok és a kecske...

Carol elindult kifelé a házból. Csodás, melegítő napfény fogadta. Hamarosan megtalálta Maggie-t, ahogy eteti a tyúkokat.

– Jó reggelt! – köszöntötték szinte egyszerre egymást vidáman.

Maggie megjegyezte, hogy Carol aludhatott volna tovább is.

Carol azt szerette volna megtudni, hogy mi a terve mára Maggie-nek, miben tud ő segíteni. Maggie nyugtatta:

– Csak ne olyan gyorsan, ráérsz te még bármit is csinálni, egyelőre pihenésre van szükséged, nem pedig a munkára. Ülj le a teraszon az egyik hintaszékbe, és csak a szemeiddel kövess engem.

Közben Maggie mosolyogva vette észre, hogy Carol csak néz rá, és sóhajt egyet.

– Hogy én lustálkodjak és lopjam a napot, amíg te dolgozol? Nem vagyok olyan törékeny baba, hogy ennyire kelljen félteni. Igazán jól érzem magam – fakadt ki Carol, igaz, nem mérgesen, csak széttárt karokkal. – Akkor most nem csinálok semmit egész nap?

Megfordult, és szófogadóan beült a hintaszékbe. Érezte azt, hogy fizikailag még tényleg nincs olyan jól. Nem kellene Maggie-nek és Franknek sem bonyolítania a napját azzal, hogy őt gondozzák, ha rosszul lesz. Így elnézte Maggie sürgölődését és azon vette észre magát, hogy teljesen megnyugtató érzés a friss levegő a gyönyörű napfény. Pár napon keresztül mindent ugyanígy tett: a figyelmét a nyugodt természetre összpontosította, és minden apró részletet megfigyelt. Örült annak, ahogy egyik napról a másikra lehetett látni a növények növekedését, a fák virágzását. A pihenésekkel napról napra ő is jobban érezte magát. Sokat sétált. Körbejárta a házat, még mindig álmélkodva figyelte meg annak terméskővel kirakott oldalát és az épület körvonalát. A gyümölcsfák virágai most a kedvencei lettek. Az almafa virágait hihetetlenül szépnek találta. Ahogyan megállt a virágzó fák előtt, azt érezte, hogy valami nagyon hiányzik neki, legbelül, a szíve mélyén. Annyira szerette volna megállítani ezt a szépséget, ami most körülvette, de nem tudta, hogyan. Arra gondolt, hogy már korán reggel felkel, hogy minél több időt tölthessen a kertben és a gyümölcsfák között, mert tudta, hogy ez nem maradandó. Attól félt, hogy ez a szépség körülötte nagyon hamar elmúlik. Az emlékezetében akarta megtartani.

Maggie pedig nem ment be a héten a városba, mert nem akarta egyedül hagyni Carolt, és ezzel Frank is egyetértett. Megkérdezte a hölgyeket:

– Milyen finomságot hozzak nektek cserében a rabság idejére?

Ők jót mosolyogtak rajta, és szinte egyszerre mondták:

– Mindent, amit csak el bírsz hozni!

Frank nagyot kacagva ment a kocsijához. Hangosan mondta, és legyintett:

– Ezek a nők... nem változnak meg soha.

De nem bánta; azt érezte, hogy Carol nagyon kedves és barátságos teremtés, és sokszor van valamilyen báj a mosolyában. Örült annak is, hogy Maggie-vel jó barátságba került. Jó érzéssel töltötte el, hogy Maggie-t vidámnak és felszabadultnak látja, amióta Carol jobban van, és itt van vele. A beszélgetéseik során észrevette, hogy Carol nagyon tisztelettudó és figyelmes. A mozdulatai pedig nagyon kifinomultak: nem kapkod, hanem inkább nyugodt és megfontolt. A szép dolgokat mindenben megtalálja, lehet az virág, a napsugár, a felhők, a fák lombkoronája, a ház, a kert, még az állatokkal kapcsolatban is és ennek hangot is ad.

Elmondja azt, hogy miben milyen szépséget lát, milyen színeket adnak meg az egyes virágok és tárgyak. Valamelyik délután a kecskét figyelte meg, és nagy komolyan azt mondta róla:

– Ennek a kecskének olyan szép szakálla van, hogy némelyik idős ember megirigyelhetné.

Frank számára ez igazán vicces volt, jót kacagott rajta. Neki ilyen eszébe nem jutott volna. Carol egy-egy virágról is olyan szép hasonlatokat mond, amelyeket még Frank és Maggie sosem hallott. Frank egyik délután megjegyezte Maggie-nek, ahogy a kocsihoz értek:

– Carol nagyon figyelemre méltó. Az már bizonyos, hogy valamilyen művészi adottsággal rendelkezik, mert ilyen dolgokat nem mond egy egyszerű halandó ember.

Ezt Maggie is alátámasztotta. Napok teltek így el.

Egyik délután a teraszon ültek mind a hárman, és Maggie teával és süteménnyel kínálta őket. Szalvétát és kistányért hozott. Maggie-nek egyik szenvedélye a rejtvényfejtés volt, amelynek újságját és a rejtvényfejtéshez használt ceruzáját most ott felejtette az asztalon. Beszélgetésük közben Maggie és Frank is arra lett figyelmes, hogy Carol csak úgy elveszi a ceruzát és egy szalvétát, és elmélyülten elkezd a szalvétára rajzolni, amit éppen a kertben lát. Szinte csak valamilyen vázlatot készített, de Maggie-ék azt is csodával nézték. Egyik pillanatról a másikra, csak éppen néhány vonallal rajzolt. Aztán egy újabb szalvéta, és virágot rajzol, és még egy szalvéta, az almafa virága került a szalvétára – egy és több virág együtt –, de ez már nem csak vázlat volt, hanem árnyalatok is. Nem mertek Carolnak szólni semmit, csak egymásra néztek és beszélgettek tovább, mintha nem is vették volna észre. Majd egyszer csak arról kezdtek el beszélni, hogy másnap mennek be a városba.

– Carol, esetleg ha jobban érzed magad, te is jöhetnél velünk – mondta neki Frank. Erre Carol teljesen magához tért, letette a ceruzát és boldogan helyeselt. Felállt az asztaltól, elnézést kért, és azt mondta, hogy neki keresnie kell valamilyen ruhát holnapra.

– Amit adtál, Maggie, azok között biztosan találok valami megfelelőt.

Franktől elköszönt.

Maggie helyeselt; menjen csak, majd ő is segít neki választani, ha Frank elment. Ezzel Carol ott is hagyta őket.

Maggie alig várta, hogy elvehesse a szalvétákat, hogy jobban megnézze, mit is rajzolt rá Carol. Frank kíváncsian hajolt Maggie-hez és együtt csodálták azt, ami vázlatos volt a kertről, de mégis olyan művészi, hát még a virágok. Izgatottan megbeszélték, hogy a holnapi napon a városban elmennek abba a boltba, ahol mindenféle papírt, színes ceruzát, festéket és ecseteket lehet venni.

– Meglátjuk, Carol mit szól hozzá – mondta Frank. Ebben meg is egyeztek. Maggie bement a házba, segített Carolnak ruhát választani. Találtak is egy jó farmernadrágot és egy szép blúzt, amivel Carol is nagyon meg volt elégedve, ahogy a tükörben nézegette magát. Az arca még nem volt tökéletes, de már nem volt olyan feltűnő.

A város

Másnap reggel Maggie és Carol már útra készen várták Franket. Carol izgatottan, hogy milyen jó dolgok várnak rá, Maggie és Frank pedig összekacsintottak.

– Nagyon jó lesz ez a mai nap – mondták, és bólogattak. Valamit nagyon vártak. Kell, hogy történjen valami Carol emlékeivel. Kell, hogy előjöjjön valami.

Elindultak a városba. Amint beértek, Carolt nem a város nyüzsgése vonzotta, hanem a parkok szökőkútjainak és virágágyásnak látványa. A gyerekek zsibongása a parkban és az a sokszínűség, amit ott látott.

– Eljövünk egy kis időre a parkba? – kérdezte.

Maggie mosolyogva nézte Carolt, aki olyan volt most, mint egy kisgyerek, aki rácsodálkozik mindenre.

– Persze, hogy eljövünk.

Leparkoltak egy üzlet előtt és hagyták, hogy Carol nézelődjön. Elindultak annak a boltnak az irányába, amit már tegnap megbeszéltek. Carol előttük ment, mert minden érdekelte, főleg a kirakatok.

– Itt tényleg megtalálható minden, jól mondtad, Frank.

Egyszer csak megállt egy kirakat előtt. Ebben bíztak nagyon Maggie-ék. Ők egymásra mosolyogtak, és figyelték, Carol mit tesz vagy mond. Carol nem bírt megmozdulni; a kirakatban mindenféle rajzeszközök, színesceruzák, tollak, ecsetek, festékek, mindenféle füzetek voltak láthatóak. Ránézett Maggie-ékre. Kicsit félve kérdezett, és rámutatott a boltra:

– Ide bemehetek?

Maggie és Frank örömmel bólintottak, hogy csak induljon, és ők mennek utána. Carol lassan benyitott a boltba, és ámulattal nézte a polcokat. Odasúgta Maggie-nek:

– Nekem innen most nagyon sok minden kellene, lehet?

Nem tudta megmondani, hogy miért, de ezt nagyon erősen érezte. Maggie bólintott. Frank is meghallotta ezt. Odaadta

Maggienek az egyik bankkártyáját és azt mondta neki, hogy mindent vegyen meg, amit csak Carol szeretne.

– Ez most az én ajándékom – mondta.

Örömmel nyugtázta, hogy Carolnak minden tetszik, és elköszönt tőlük.

– Majd találkozunk a parkban.

Maggie hozott egy nagy kosarat, és Carol elkezdett belepakolni szinte mindent, ami festéshez és némi rajzoláshoz kell. Maggie úgy látta, hogy nagyon is tudja, mit szeretne venni. Nem választott fölöslegesen semmit, és nem is vásárolt be annyira, mint ahogy azt Maggie várta. Szénceruzát vett, és üvegfestékeket, amin nagyon is csodálkozott Maggie. Különböző méretű és alakú üveglapokat, rajzlapokat, színesceruzákat és ecseteket.

– Ezt könnyen megúsztad, Frank... – mosolygott Maggie.

Kész élmény volt ez a bevásárlás, miközben Maggie követte Carolt. Még egy kicsit nézelődtek, majd Carol megállt és megkérdezte Maggie-t az utcára mutatva.

– Frank kivel beszélget?

– Ő az a bizonyos Alfréd úr, a nagybirtokos – mondta neki Maggie, egy kicsit maga is csodálkozva, mit is beszélhet Frankkel.

Franket, amint kitette a lábát a boltból, megszólította a háta mögött valaki, akit egyből nem ismert meg a hangjáról.

– Frank!

Megfordult, hogy ki lehet az. *Ez nem más, mint az Alfréd úr! Vajon mit akar tőlem?* – gondolta Frank.

– Üdvözlöm – nyújtotta a kezét Frank kézfogásra, amit a másik férfi fogadott. – Nagyon örülök, hogy itt találkozhatom magával. Szeretnék személyesen beszélni egy üzletről. Kérem, fogadjon el tőlem egy kávét, és nagyvonalakban elmondom, miről lenne szó. A többit pedig majd az otthonomban, ha meg tudunk egyezni – mondta Alfréd úr.

Most már igazán kíváncsi volt Frank, hogy mit akar vele személyesen megbeszélni, amikor mindent az intézőjével szokott lebonyolítani. Elindultak a szemközti kávézóba.

Carol nem láthatta a férfi arcát, mert háttal volt neki, így aztán már nem is nagyon érdekelte. Tovább nézelődött. Fizetés után még elmentek két boltba vásárolni Carolnak pár ruhát, ami inkább arra lesz jó, ha eljönnek a városba. A másik boltban némi élelmiszert vettek. Ahogy az utcákat járták, meglátták a feltűnően színes és nagy plakátot, a Tavaszi Fesztivál hirdetményét. A járókelők meg-megállva nézegették. Ők is elolvasták, majd elmentek abba a boltba, ahol Maggie leadta a gyógynövényteákat és krémeket és felvette az újabb rendeléseket.

Maggie-re sokan ráköszöntek az utcán, igazán mindenki nagyon kedves volt és mosolygott. Volt, aki valamilyen kéréssel fordult Maggie-hez, és volt, aki megállította őket és kíváncsian kérdezte Maggie-től:

– Ki ez a kedves nő veled?

Maggie csak annyit mondott, hogy egy távoli rokon, aki most itt tölt vele egy kis időt. Majd hozzátette, hogy neki ez most milyen jó, mert így legalább nincs folyton egyedül. Ezt már a kíváncsiskodók is helyeselték. Végre elsétáltak a parkba, amit Carol már nagyon várt. Gyönyörű napsütéses idő volt; mintha már nyár eleje lenne, olyan melegen sütött a nap. Leültek egy padra a szökőkút elé, és csodálták a víz hangját és zubogását. Körülöttük sétáló emberek, gördeszkázó fiatalok. Labdát kisgyereknek dobáló apukák. Egyszóval, nagy volt a nyüzsgés. Egyszer csak Frank állt meg előttük, fagyival a kezében.

– Hölgyeim, elfogadnak egy kis hűsítőt?

Maggie és Carol nagy örömmel vették át tőle a fagylatot.

– Ennél jobbat nem is hozhattál volna – köszönték meg.

Frank érdeklődött, hogy hogyan sikerült a bevásárlás. Carol boldogan mutatta a táskát, hogy mindent meg tudott venni, és hálásan megköszönte Franknek.

– Mivel tudnám viszonozni kedvességedet? – kérdezte tőle.

Frank most elhárította.

– Ugyan már, nem nagy valami ez. Annak örülök, hogy segíthettem. Ezzel ne is legyen gondod.

Aztán Carolnak a szalvétán lévő rajzaira gondolt. Bizony, ha egyszer lesz lehetősége, kér tőle egy szép rajzot és azt kiteszi a házában, a nappaliban. Az lesz az igazi ajándék. Ebben a gondolatban merült el Frank. Még egy darabig üldögéltek, nézték a szökőkutat és az embereket, aztán elindultak hazafelé. Carol és Frank segített Maggie-nek kipakolni a kocsiból. Carol megmutatta Franknek a szerzeményeit, és már vitte is be a szobájába, mert arra gondolt, hogy átöltözik, és ebéd után már neki is lát valamit alkotni. Frank ottmaradt ebédre, és utána kiült Maggie-vel a teraszra. Carol most nem tartott velük, mert sietősen a gyümölcsöskertbe ment rajzolni. Alig várta már, hogy az almafa virágát maradandó emlékként megalkothassa. Először csak megrajzolta, majd bement a házba, kihozott két széket a fák közé, kipakolta az üvegfestéket, üveglapokat és ecsetet. Innentől se kép, se hang. Csak arra tudott figyelni, ami teljesen beleivódott az elméjébe: az alkotás készségére, a maga előtt látott világra. Attól tartott, hogy nem lesz elég ideje minden szépséget lefesteni. Egyszer csak elmúlik, nem lesz meg az a varázsa, ami most van.

Maggie és Frank mosolyogva figyelték a teraszról sürgölődését és munkálkodását. Maggie-nek eszébe jutott, hogy Franket beszélgetni látták Alfréd úrral. Meg is kérdezte tőle, hogy mit akart tőle. Frank elmondta neki, hogy az egyik fiatal lovát szeretné megvenni, és arra kérte, hadd nézhesse meg személyesen, mert ezt nem akarta az intézőre bízni. Magának szeretné a lovat, nem eladásra. Nagyon fontos neki, hogy első benyomásra megszereti-e az állatot, a ló pedig őt. Maggie ezen nagyon elcsodálkozott.

– Nem gondoltam volna Alfréd úrról, hogy ennyire van érzéke a lovakhoz. Az is lehet, hogy a lovakhoz van, de az emberekhez kevésbé.

Carol hirtelen eléjük lépett, nem is hallották meg a lépteit. Felajánlotta, hogy készít mindenkinek egy frissítő limonádét. Ezzel sarkon fordult, de nem a konyhába, hanem a kert végébe, és citromfüvet, valamint mentát szedett. Amint elhaladt előttük, megkérte Franket, hogy szagolja meg, milyen jó az illatuk.

– Ezt is beleteszem a frissítő limonádéba, és így még jobb lesz az íze – ezzel be is ment.

34

– Ez a lány miket meg nem tanul – állapította meg Maggie mosolyogva.

Frank mondani akart valamit, de egy autó hangja megzavarta. A háztól nem messze, a bejárónál megállt egy kocsi. Tiszteletben tartotta a bejárót, hiszen hívatlan vendég volt. Nem is tudták először, ki lehet az. Majd Frank megismerte a kocsiról, hogy ez bizony Alfréd úr. Frank felállt, és azt mondta Maggie-nek:

– Valószínű, hogy a lovat szeretné megnézni.

Alfréd Ur kiszállt a kocsiból és közelebb jött, hogy köszöntse őket.

– Maggie, Frank. – Levette a fejéről modern és divatos kalapját. Most is nagyon elegánsan volt felöltözve, mint mindig.

– Elnézést kérek a zavarásért. Frank, szeretném most megnézni a lovat, ha önnek is megfelel.

Franknek természetesen megfelelt, így elköszöntek Maggie-től. Frank beült a saját kocsijába, és elhajtottak. Carol kijött a házból, egy tálcán kihozta a kancsóban a limonádét és poharakat. Meglepődve látta, hogy Frank nincs ott. Igaz, a kocsit mintha hallotta volna elmenni...

Maggie elmagyarázta neki, hogy mi történt. Carol csak mosolyogva jegyezte meg, hogy Frank sajnálhatja a limonádét, mert ilyen finomat még nem ivott. Kitöltötte a limonádét a kancsóból, és megjegyezte, hogy a kancsón lévő fedél, amiben szűrő van, milyen praktikus, mert így az italban maradhat a mentalevél, a citromfű levele és a citromkarikák is. Maggie-nek nagyon ízlett a limonádé. Carol arra kérte Maggie-t, hogy kísérje el és nézze meg, mit festett. Amikor odaértek, Maggie nem is értette, hogy Carol mikor csinálta meg azt a hálós megoldást, hogy a bogarak ne lepjék el azt, amit festett. Carol ezt felemelte, s már lehetett látni, hogy sokat száradt a festék, így kezdte elérni a végső színeit. Maggie ámulattal nézte a virágokon a festékek varázslatos színösszhatását, amelyek szinte teljesen azt mutatták meg, ami az életben is eléje tárult. Megfogta Carol kezét, és ki is mondta, amit gondolt:

– Carol, neked nagy tehetséged van ehhez a festéshez. Meg kell tudnunk, hogyan lehetséges ez. Mondd csak, nem jutott eszedbe valami a boltban, amikor válogattad az eszközöket, vagy miközben festettél?

Carol rázta a fejét, hogy sajnos nem. Ő csak arra gondolt, hogy minél hamarabb meg akarja festeni azt, amit lát. Maggie biztatta, hogy csak fessen tovább, mert ezzel biztosan közelebb kerültek a lány énjéhez és emlékeihez, még akkor is, ha ezt most nem is látják.

– Az első lépés már megvan. Azt most már tudjuk, hogy gyönyörűen festesz – mondta Maggie. Segített Carolnak mindent bevinni a házba. Egy kicsit a levegő is lehűlt. Maggie azt mondta neki, hogy valószínűleg esni fog az eső, így hát igyekezzenek.

Éppen hogy csak bepakoltak, amikor hirtelen besötétedett, és elkezdett először csak csendesen, aztán egyre jobban, dörgések közepette zuhogni az eső. Maggie megnézte, hogy minden ablak be van-e zárva. Carol is segített neki, majd megkérdezte tőle, hogy nem fog-e félni ebben a rossz időben, mert ha igen, akkor alhatnak a nappaliban, ott is van elég hely.

– Itt, az erdőben egy kicsit félelmetesebb az esőzés annak, aki még nem volt ilyen helyen, mert a fákat nagyon fújja a szél – mondta neki Maggie. De Carol nem félt. Vacsoráztak, majd elmentek mind a ketten aludni.

Mindent a maga idejében

A napok hasonlóképpen teltek el. Amikor Maggie legközelebb készült bemenni a városba, Carol nem tartott vele, mert nem tudta itt hagyni a kert szépségét. Carol mindennap igyekezett korán felébredni, hogy a fényjátékot el ne szalassza. Korán reggel már vázlatokat rajzolt. Délelőtt segített Maggie-nek a kertben veteményezni – most már ezt is tanulta –, sőt, esténként már a kecskét is többször ő fejte meg. Eleinte attól félt, hogy elszökik a kecske, s ez így is történt. Jó kis hadakozás volt, futkosott utána, csalogatta fűvel, virággal, kedvesen hívogatta, fenyegette, hogy nem kap enni... Napok teltek így el. Maggie nevetve figyelte Carol igyekezetét, mire odáig eljutott a lány, hogy kikötötte egy karóhoz a kecskét. Így már jobban elboldogult.

De ez még nem az igazi, lehetne jobb is. A kecske néha rugdos, a tej félremegy. Szóval még van mit gyakorolni – gondolta Carol.

– De a szándék a fontos – mondta ki hangosan a kecskének. Remélem, hogy most már megértetted, hogy együtt kell működni velem! Aztán elengedlek.

Ebédnél segített Maggie-nek. Délután is vázlatokat rajzolt – úgy gondolta, az gyorsabban megy –, és néha festett is. Jól érezte, hogy igyekeznie kell, mert minden elmúlik, napról napra megváltozik az egész kert, a virágok és a fák is. A fák virágai lassan elkezdtek hullani a fáról. Carol a fák alá állt és csodálta a látványt, a haját, karját, a kezét és körülötte mindent beterített a virágözön. Aztán a fák hulló virágairól is festett egy képet.

Egyik este Carol szobájában arról kezdett el beszélni Maggie, hogy pár nap múlva lesz a tavaszi fesztivál a nagybirtokon és ő arra gondolt, hogy Carol is velük tarthatna.

– Lesz ott nagy mulatság, zene és tánc, nagy lakoma, mindenféle finomság. Ezt nem lehet kihagyni még neked sem! Az év egyik legnagyobb ünnepsége!

Maggie ebben nagyon határozott volt. Carol kissé félve mondta, hogy ő ott senkit nem ismer, ráadásul nincs is meghívója.

Maggie ezt tartotta a legkisebb gondnak, ő inkább azon kezdett el gondolkozni, hogy Carolt minek is kellene felöltöztetni? Milyen jelmezt keressen neki? Mi az, ami igazán illene hozzá? Ne legyen feltűnő, mégis szép. Carol kissé unottan azt mondta neki:
– Nem mindegy? Úgysem ismernek, tehát mindegy, minek leszek öltözve.

Carol nem is értette, hogy Maggie miért lett ennyire izgatott a fesztivált illetően, de közben leült az ágya szélére. Onnan nézte Maggie-t, ahogyan izgatottan fel-alá járkált a szobában. Majd elébe állt, és megfogta a két kezét.

– Nem, nem – mondta Maggie. – Kell egy szép ruha és egy szép álarc, ami eltakarja az arcodat. Meglátod, hogy ennek varázsa van! Még gondolkodom rajta.

Carol csak most eszmélt fel, hogy tulajdonképpen még bele sem egyezett, hogy vele menjen, de Maggie-nek amúgy is teljesen máshol jártak a gondolatai.

Mit is kellene ráadnom Carolra?

Mélyen elgondolkodott, közben ki is ment a szobából.

– Na, erről ennyit. Most már én is agyalhatok a jelmezen. Ahhh... – Eközben háttal belezuhant az ágyba, széttárt karokkal. Semmi kedve nem volt kimozdulni a házból. Nézte a plafont. *Így kéne maradnom, és azt mondani, hogy nem megyek sehova!*

Hirtelen felült az ágyon. – Tánc? Mi van, ha táncolnom kell? Hmm, a bálokon van zene és tánc, azt mondta Maggie. Én tudok táncolni?

Ezekkel a gondolatokkal ment el zuhanyozni, és utána már a gondolataiba merülve aludt el.

Másnap a reggelinél Carol megkérdezte Maggie-t:

– Sikerült valamilyen jelmezt kitalálnod, hogy mit vegyek fel? Nekem teljesen mindegy. Egyébként te mit veszel fel?

Maggie legyintett egyet, és úgy válaszolt Carolnak.

– Ó, én nem csinálok ebből olyan nagy ügyet. Van egy régebben használt jelmezem, nekem az tökéletes lesz. Én már csak azért megyek el, hogy a barátaimmal beszélgessek egy jót és nézzük közben a szebbnél szebb jelmezeket, hallgassuk a zenét, és együnk valami finomat. De én kitaláltam, hogy neked mi lenne a legjobb jelmez. A legutóbb, amikor a városban voltam Frankkel, láttam egy csodásat az egyik üzlet kirakatában. Megkérem Franket, hogy vigyen el bennünket. Az üzletben fel is próbálhatod. Ha nem tetszik, akkor majd választasz egy másikat.

Ebben meg is egyeztek. Tudták, hogy Frank hamarosan átjön, és akkor megbeszélik vele. A délutánt mind a ketten a kertben töltötték. A veteményesben volt a legtöbb munka, mert a gaz egy-két helyen megjelent, illetve inkább több helyen, de a virágoskert többi részében is volt mit csinálni. Frank így találta meg őket. Köszönt, majd nagy izgatottan mondta:

– Hagyjátok abba egy kicsit a munkát. Tartsatok egy kis pihenőt.

Maggie-ék kérdőn néztek rá.

– Mi az, ami ennyire sürgős, hogy még a gazolás sem várhat? – kérdezte Maggie, de Frank csak intett a kezével, hogy igyekezzenek már.

– Mossatok kezet, és gyertek be a házba.

A kocsijához ment. Maggie-ék kézmosás után bementek a nappaliba és kérdőn néztek egymásra.

– Vajon Frank mit szeretne velünk megosztani?

Frank egy nagy dobozzal lépett be. Ránézett Carolra.

– Na, mi lesz, bontsd ki! Ezt neked hoztam! Remélem, Maggie, nem haragszol meg rám, neked most nem vettem semmit.

Maggie csak mosolygott Frankre, megcsóválta a fejét – nem is gondolta, hogy ezért megharagudhatna rá. Carol kissé kételkedve kezdte el kibontani a nagy dobozt.

Vajon mi lehet benne?

Majd ahogy kinyitotta, meglepődve, tátott szájjal látta, hogy egy gyönyörű ruha hever benne. Kivette a dobozból és magához tartotta. Alig hitt a szemének. Maggie szinte felkiáltott:

– Jaj, Frank, ez éppen az a báli ruha, amit én kinéztem Carolnak. Hát milyen gyönyörű! – ámuldozott. Megsimította a ruhát.

– Carol, próbáld fel gyorsan! – mondta neki.

Frank örömmel nyugtázta, hogy mind a két nőnek nagyon tetszik az ajándék. Amikor meglátta a kirakatban, arra gondolt, hogy Carolnak ez milyen jól állna, és lenne egy ruhája a tavaszi fesztiválra. Majd ráveszi Maggie-t, hogy Carol is jöjjön el velük. Kár lenne neki ezt kihagyni. Minden évben nagyszerűen érzik ott magukat. Bizonyára Carolnak is jót tenne egy kis kikapcsolódás és nyüzsgés körülötte. Ezekkel a gondolatokkal lépett be az üzletbe, és meg is vette a ruhát és egy ahhoz tartozó álarcot. *Nagyon szép* – gondolta Frank. Amikor a kocsiba betette a nagy dobozt, arra gondolt, hogy milyen örömet fog szerezni ezzel mind a két nőnek. Nem volt csalódott. Jó döntés volt.

Carol bement a szobájába átöltözni, Maggie pedig nagy örömmel mondta Franknek:

– Így most már biztosan velünk tart a fesztiválra.

Carol a szobájában még mindig alig akarta elhinni, hogy ez a csodás ruha az övé. Felvette, és a tükör elé állt. A nyakánál kivágott, de nem túl mély dekoltázs, a vállánál kissé buggyos, rövid ujjú a felsőrész hozzásimult a testéhez – de nem volt szoros –, a derekától pedig, egészen le a földig, csodálatosan terebélyes. Egy igazi báli ruha, gyöngyökkel és néhol flitterrel kirakva. A ruha bordó, csillogó anyaga nagyon illett a gyöngyberakáshoz.

Ez valami csodás! Pontosan az én méretem!

Carol körbeforgott, és a ruha így még szebb volt; nem bírt betelni vele. Végigsimított a ruhán. Megnézte magát jobbról, majd balról, majd úrinőként meghajolt. Csodálattal nézte a ruha lágy esésének vonalait és a szatén anyag csillogó fényét.

Ez hihetetlen! Mintha nem is én lennék!

Nagy nehezen tudott csak elszakadni a tükörtől, hogy végre kimenjen a nappaliba, megmutatni Maggie-éknek. Maggie és Frank is nagyon meg volt elégedve. Frank azt mondta:

– Te leszel a legszebb ezen az estén.

Carol odalépett hozzá, megölelte Franket, és megköszönte neki ezt a szép ruhát. Maggie Carol kezébe adta az álarcot és a hozzá tartozó kesztyűt.

– Ezt is próbáld hozzá. Most már csak egy szép cipő kell – mondta neki mosolyogva.

Az álarc nagyon is illett a ruhához, majd a kesztyűket is felhúzta, amelyek a könyökén felül értek. Carol forgott párat a ruhában, és Maggie-ék nagy örömmel vették tudomásul, hogy Carol nagy meglepetés lesz mindenkinek. Carol egyre csak azt hajtogatta:

– Gyönyörű, gyönyörű...

Forgott még, és végigtáncolta közben a nappalit. Maggie-ék nevetve követték Carol forgását és Maggie úgy látta, hogy nem lesz gond a tánccal sem. Carol megállt, és elegánsan meghajolt. Megköszönte még egyszer Franknek, és bement a szobájába. Frank, mielőtt elköszönt Maggie-től, azt mondta:

– Még találkozunk a fesztivál előtt, és megbeszéljük, hogy mikor induljunk együtt a nagybirtokra.

Maggie kopogott Carol szobájának ajtaján, és hozott neki egy pár szép cipőt.

– Ezt próbáld fel. Nekem ez már úgyis kicsi, talán egyszer volt rajtam. Remélem, neked jó lesz.

Carol felpróbálta a cipőt, s megfelelőnek találta.

– Jó lesz. Egy estére biztosan.

Carol átöltözött és megölelte Maggie-t.

– Olyan csodás ez a ruha! Ilyen még biztosan nem volt rajtam sosem, erre emlékeznék – mosolygott Maggie-re.

– Még a hajadat szeretném szépen megcsinálni a nagy napon. Gyönyörű leszel! Ó, majdnem elfelejtettem. Kell még a nyakadba egy szép nyaklánc. Holnap választasz majd egyet az én kincsesládikámból. Habár nincs nagy választék – mosolygott Carolra. – Csak aztán meg ne szökj egy helyes fiatalemberrel, mert mindent a maga idejében kell megtenni, szökések nélkül! – nevetett Maggie.

– Szökésről szó sem lehet. Ennél szebb hely úgy sincs a világon, mint itt nálad, Maggie – mondta Carol, és nevetve átölelte a nőt.

A Tavaszi Fesztivál

Már a nagybirtok bevezető útszakaszán is egyre több kocsi gyülekezett, pedig az elég hosszan tartott, míg beértek a ház előtti parkolóba. Ott alig találtak helyet a kocsinak. Hát még a háznál milyen nagy volt a nyüzsgés! Itt megtalálható volt mindenféle álarcos, jelmezes, szebbnél szebb, pompázatos ruhában. Ember legyen a talpán, aki itt valakit felismer. A pincérek és felszolgálók sürögtek-forogtak, hogy mindenkit ki tudjanak szolgálni az üdvözlő italokkal. Egyenruhába voltak felöltözve, és még rajtuk is volt egy kisebb álarc. Nem túl hangosan kihallatszott a házban szóló zene. A ház bejáratánál Alfréd úr köszöntötte a érkezőket az üdvözlő itallal, ahogy folyamatosan léptek elé a vendégek. Ők is haladtak feléje, a pincérektől elvettek egy-egy kis poharat. Carol csak nézte, fogalma nem volt arról, hogy milyen ital van a poharában. Ezzel koccintanak a vendégeket fogadó ház urával. Carol megfogta Maggie karját, és odasúgta neki:

Most mi lesz?

Maggie ránézett.

– Ne aggódj, majd én elintézem.

Alfréd úr kedvesen köszöntötte őket, és megköszönte, hogy elfogadták a meghívást. Mindegyikőjükkel koccintott, kívánva ezzel, hogy érezzék jól magukat. Majd ránézett a Maggie mellett lévő Carolra, és csak nézte egy darabig, meg sem szólalt. Maggie ezt félre is értelmezte, ezért gyorsan elhadarta neki:

– Remélem, nem gond, hogy elhoztuk magunkkal az unokahúgomat is, aki most nálam tölti a szabadnapjait.

Alfréd úr lassan kinyújtotta Carol felé a kezét. A lány azt sem tudta, hogy hová nézzen, annyira megijedt.

Talán most kéne elfutni... – gondolta. De amint Alfréd úr kezet fogott vele, úgy tűnt, nem is nagyon akarja elengedni azt, és csak mozdulatlanul nézett Carol szemébe. Ezt a mozdulatot – vagy inkább mozdulatlanságot – már Maggie-ék is észrevették. Carol arra gondolt: *Milyen szerencse, hogy álarc van rajtam, legalább nem látja azt, hogy ég az arcom az ijedtségtől.*

Végre Maggie megtörte ezt a jelenetet, és kedvesen megfogta Carol karját. Hirtelen azt sem tudta, hogy mit mondjon, majd jó hangosan megszólalt, hogy Alfréd úr is magához térjen:

– Gyere, kedvesem, bevezetlek ebbe a szép házba.

Alfréd úr pedig elengedte Carol kezét, még egy ideig utánuk nézett, majd elgondolkodva köszöntötte tovább a vendégeit.

Carol még mindig meglepetten, megkérdezte Maggie-től:

– Szerinted mi volt ez?

– Ne is törődj vele, bizonyára még nem látott ilyen szép báli ruhát, mint a tied – mosolygott Carolra.

Maggie és Frank összenéztek. Egyikőjüknek sem kerülte el a figyelmét az előző jelenet. Később, ahogy az asztalhoz ültek, Maggie megkérte Franket, hogy majd ő is kövesse szemmel Carolt, mikor kivel van. Remélték, hogy talán nem okoz gondot Alfréd úr az uralkodó természetével, amit Carol még nem ismer.

Maggie tovább mérgelődött magában.

Szereti kisajátítani magának az embereket, legyen szó bármilyen alkalmazottjáról. Hogy ez mennyire rossz vagy jó, az embere válogatja. Vegyük például Maryt, ő nagyon is nem bánja, hogy milyen természete van Alfréd úrnak. De az uraság úgy tekint arra, hogy amit már megszerzett, az az övé, és az maradjon is így. Másnak nem lehet benne semmilyen része, semmi köze, vagy beleszólása.

Így aztán Maggie-ék joggal kezdtek el egy kissé aggódni Carol miatt.

Alfréd úr nagyon is megnézte magának. Nem fogja ennyiben hagyni. Vagy az este folyamán, vagy később, de biztosan előrukkol valamivel, hogy Carolhoz közelebb kerüljön. Ezt nem fogom engedni! Csak azt próbálja meg! – gondolta Maggie. *Nagyon is figyelni fogok!*

Minden vendég elfoglalta a helyét a vacsoraasztaloknál. Alfréd úr egy szép és határozott köszöntőt mondott, ezzel megnyitotta az ez évi Tavaszi Fesztivált. A vacsoránál levették az álarcokat, és jobbnál jobb fogásokból álló, bőséges vacsora lett feltálalva. A vacsora után mindenki visszavette az álarcát, és a hatalmas ebédlőből átmentek egy újabb, még nagyobb terembe.

Ebben a teremben szólt a zene. A zenészek az emeleten játszottak mindenféle muzsikát, főként keringőket. Carol eleinte csak ámult, nézte a táncoló, vidám hangulatú forgatagot, és amerre csak nézett, színes lampionok sokaságát látta. Hatalmas csillárok lógtak a mennyezetről, az oszlopokat gyönyörű virágfüzérrel díszítették, a lépcső korlátjait szintén. A teremben több helyen, nagy asztalok mellett a pincérek koktélokkal, pezsgővel és tengeri ételekkel, szendvicsekkel, megrakott tálcákkal várták a vendégeket.

Carol megkérdezte:

– Szerinted ez után a bőséges vacsora után ki fog még itt enni? Ez rengeteg étel!

Maggie azt mondta:

– Ez itt mind el fog tűnni hajnalig. A tánc közben az emberek megéheznek, és persze iszogatnak is egy kicsit. De mi ezt már nem fogjuk megvárni.

Carol meglepetten nézett rá.

– Ha nem gond, akkor mi nem maradunk hajnalig, sőt éjfélig sem, mert Frankkel mi már nem bírjuk sokáig az ilyen vigasságot. Téged pedig nem szeretnélek itt hagyni egyedül.

– Semmi gond, Maggie. Én is addig maradok, amíg ti is jól érzitek magatokat. Ez nekem nem lesz gond

Egyszer csak elébük lépett egy fiatal férfi, határozottan és udvariasan meghajolt, és felkérte Carolt táncolni. Carol ránézett Maggie-re. Ő odasúgta neki:

– Menj csak, majd belejössz a táncba. Ne félj semmitől sem.

Carol kissé félve, de belekarolt a férfiba, aki a táncparkettre vezette. Nagyon sokan táncoltak már. Carol csak figyelte a többi párt, hogyan is tartsa a kezét. Kicsit esetlenül mozgott a zenére, elnézést is kért a párjától, de a férfi megnyugtatta, hogy ő sem olyan nagyszerű táncos, majd összecsiszolódnak pár szám után. Hasonlóan történt, mint mondta, de azért abban, amit a férfi mondott, volt némi turpisság, mert nagyszerűen vezette Carolt. Így aztán hamar belejött a tánc lépéseibe. Nagyon élvezte. Olyan volt, mintha már régebben is táncolt volna valami hasonlót. Az este folyamán Carolt többen is felkérték táncolni. Közben azért volt ideje vissza-visszatérni Maggie-hez, akinek nagyon tetszett az, hogy Carolnak milyen sikere van, és ráadásul milyen jól mozog a táncparketten. Talán valami emlék is eszébe jut. A szünetekben Maggie kínálta innivalóval is, leültette maga mellé és bemutatta a ismerőseinek, mint rég nem látott unokahúgát. Remélte, hogy a sok tánc nem lesz nagyon kimerítő Carol számára.

Néha összenézett Frankkel, aki folyton csak beszélgetett valamelyik ismerőssel. Azt látta, hogy Frank is követi a pillantásával Carolt. Helyes. Nem lesz gond. Eddig nem is tűnt fel Alfréd úr. Lehet, hogy már el is felejtette, vagy pedig Maggie eltúlozta az egész jelenetet, mert nagyon féltette tőle. Pánikra semmi ok. Ezzel be is fejezte volna a gondolatmenetét, amikor éppen Alfréd úr jelent meg Carol előtt – álarcban, de a ruhájából ítélve ő volt az. Meghajolt illedelmesen, és Carolt kérte táncba.

Maggie-nek úgy tűnt, hogy Carol nem is vette észre, hogy ki az, akibe belekarolt, és a táncparkett felé irányította. Maggie ránézett Frankre. Látta, hogy ő is észrevette.

Most már úgyis mindegy, mit tehetnek ők? Elrabolni most úgysem fogja...

Carol elvarázsolva ment a táncpartnerével, hogy újra táncolhasson. Nagyon élvezte a táncot, és az egész estét. A magával ragadó, vidám forgatagot. Számára olyan csodás érzés volt, mintha repülne, és egy mesébe csöppent volna. Minden mesés volt: az álarcos emberek, az ételek, az italok, a zene, a tánc, és ez a csodálatos ruha, amit viselt, és ahogy hallotta a ruha suhogását, amely forgás közben szétterült, repült vele. Hihetetlen érzés! Most már nem bánta meg, hogy eljött. Igaza van Maggie-nek: ez az este egy varázslat! Az első tánc nem volt valami fényes, de utána már ment minden, mint a karikacsapás. Egyik férfi a másik után kérte fel. Nem is számolta, mert nem is érdekelte, csak az, hogy táncolhasson. Azt is elfelejtette, ahogyan Alfréd úr fogadta őt. Már nem is számított – egészen eddig a pillanatig. A táncparkettre értek, és ahogy a férfi átkarolta és a szemébe nézett, Carolnak megingott a térde.

Hah, ez Alfréd úr! Úgy megijedt, hogy nem is tudott lépni, ezért megállt. A férfi kedvesen szólította meg.

– Kérem, ne ijedjen meg!

A férfin egy, az arcát csak félig eltakaró álarc volt, így Carol láthatta a férfi mosolyát.

– Nem fogom bántani. Csak arra kérem, hogy táncoljon velem az este folyamán, ha lehet, egész este.

Még jobban magához húzta, elkezdtek táncolni, és nagy lendülettel együtt forogtak.

– Kérem, nézzen a szemembe! – mondta Alfréd úr kedvesen. Carol engedelmesen felnézett. Így már sokkal jobban érezte a tánc ütemét, és a forgás sem okozott szédülést.

Mintha egy körhintán ülnék… Körhinta?

Carol most nem tudott tovább gondolkodni azon, mi az a körhinta, figyelmét teljesen lekötötte a szempár. Olyan összhangban táncoltak és forogtak együtt, hogy teljesen megszűnt számukra a külvilág. Legalábbis Carol így érezte. Ez így folytatódott még sok táncon keresztül. Aztán mielőtt kezdődött volna még egy tánc, visszazökkentek a valóságba.

– Szabad lesz? – állt meg mellettük egy férfi, aki Carollal akart táncolni.

Carol ránézett. Frank mosolygott rá nagy szeretettel.

– Lesz szíves átengedni a hölgyet? – kérdezte Alfréd urat kissé kimérten.

Alfréd úr, kényszerből ugyan, de megtette. Carol nem bánta, hogy Frank felkérte táncolni és megszakadt ez a varázs. Rögtön magához tért. Ahogy Frankkel táncolt, arra gondolt, hogy nem is lett volna olyan jó, ha belebonyolódott volna egy beszélgetésbe. Mit mondott volna Alfréd úrnak? Még beszélgetni sem tud vele, hiszen nincsenek emlékei… még a nevét sem tudná neki megmondani. Most nagyon örült Franknek. Frank is nagyon jól táncolt. Még maradtak egy ideig. Carol teljesen elfáradt, és most már ő vetette fel Maggie-éknek:

– Felőlem indulhatunk haza, ha ti is úgy gondoljátok.

Maggie is azt érezte, hogy a sok nyüzsgés körülötte, és a hangos zene már nem tesz neki jót. Frank elindult megkeresni a házigazdát, hogy elköszönjenek tőle, de nem találta sehol. Persze az is lehet, hogy a forgatagban táncolt. Így aztán nem

46

vártak tovább, elindultak a kocsi felé. Carol levette a kocsinál az álarcát, és még egyszer visszanézett a házra. *Vajon Alfréd úr hiányolni fogja?* Elgondolkodva ült be a kocsiba. Maggie házánál megköszönték Franknek a fuvarozást, és jó éjszakát köszöntek. Amikor Maggie és Carol belépett a házba, Maggie átölelte Carolt.

– Nagyon szép voltál, ugye tudod?

Carol mosolyogva megköszönte, hogy elmehetett erre a szép fesztiválra. Bement a szobájába, és belenézett még egyszer a tükörbe.

– Hát, ennyi volt... – sóhajtott nagyot szomorúan. Levette a szép ruháját, felakasztotta egy vállfára, és még egyszer végigsimított rajta. Ahogy a kezében tartotta az álarcot, elmerengett azon, ami az este folyamán történt vele.

Alfréd úr... Igazán jó megjelenésű és különös ember, és milyen nagy hatással volt rám. Carolban összekeveredtek a jó és rossz érzések. Aztán megrázta a fejét.

– Elég volt! Nem foglalkozom ezzel többet! Vége! Nem is gondolok rá! Nincs értelme! – Ezt jó hangosan mondta, hogy az elhatározása beleivódjon a tudatába is, de rendesen. Majd elment a fürdőszobába, és vett egy jó meleg fürdőt. Megkereste Maggie-t a házban. A nappaliban rejtvényt fejtett.

– Nem zavarlak? – kérdezte.

Maggie ránézett.

– Nem, dehogy. Ülj csak le.

– Igazán jól éreztem magam a mai estén. Szeretnék veled megbeszélni valamit.

El is kezdte, Maggie pedig figyelmesen hallgatta.

– Az egész este, a zene, a tánc, az álarcosok körülöttem, teljesen az volt az érzésem, mintha egy mesébe csöppentem volna. Igazad volt, amikor azt mondtad, hogy ennek varázsa van. Amikor Alfréd úrral táncoltam, még mesésebb volt, mint előtte. Viszont amikor Frank kért fel táncolni, visszazökkentem a valóságba. Rájöttem arra, hogy még mindig nincsenek meg az emlékeim. Mit is mondhatnék Alfréd úrnak? Hiszen még bemutatkozni sem tudok!

Ki vagyok én, honnan jöttem, van-e családom? Úgy gondolom, hogy amíg nem kapom vissza az emlékeimet, addig a nagy ismerkedéseket elkerülöm. Ha te is így gondolod, akkor maradjunk az eddig megszokott helyzetünkben. Engem most inkább az kezd zavarni, hogy itt élek a nyakadon, minden pénz nélkül. Valamilyen munkát szeretnék keresni, és hasznossá tenni magamat melletted.

Maggie egy kicsit félve nézett Carolra, hogy mit akar most ezzel mondani.

– Kérlek, ne értsd félre! Nagyon szeretek itt élni veled és Frankkel. Ti ketten lettetek az én családom. – Carol odaült Maggie mellé, megfogta a kezét és őszintén belenézett a szemébe, úgy mondta tovább.

– Ha te akkor nem mész el a baleset helyszínére és nem nézel be a kocsiba, akkor én most nem lehetnék itt veled. Neked köszönhetem az életemet, és mindent, ami itt van körülöttem. Csodálatos ember vagy, rengeteg szeretet adsz nekem. – Carolnak könny csordult ki a szeméből. – Én ezt nem fogom elfelejteni neked soha. Franknek is meg fogom köszönni, amit értem tesz még a mai napig is, pedig én nem vagyok nektek senki. Mégis olyan nagyon kedvesek vagytok hozzám.

Carol most már nagyon sírt. Annak, ami a baleset óta történt vele, most érezte csak igazán a jelentőségét, és azt, hogy mi lett volna vele, ha nincs ott Maggie. Maggie pedig átölelte. Nagyon megszerette Carolt, már szinte olyanná vált számára, mintha a lánya lenne. Biztos volt benne, hogy Frank is hasonlóképpen érez Carol iránt. Maggie megsimogatta Carol fejét.

– Minden rendbe jön, meglátod.

Nyomott egy puszit a fejére. Nagy kő esett le a szívéről, amikor Carol elmondta, hogy nem szeretne most semmilyen kapcsolatba belebonyolódni. Nagyon is a helyén van az esze, és a szíve is. Úgy látszik, hogy feleslegesen aggódtak érte Frankkel. Carol lassan megnyugodott, belekarolt Maggie karjába, és odaült felhúzott lábakkal mellé. Fejét Maggie vállára fektette. Úgy voltak így ketten, mint anya és lánya. Mindkettőjüket nagyon jó érzés fogta el. Carol közben lehunyta a szemét és elaludt. Maggie egy idő után lefektette Carolt a szófára, a feje alá hozott egy párnát, és egy meleg takaróval betakarta. Imádkozott érte, hogy minél hamarabb visszanyerje emlékezetét.

Hírek és lehetőség

Másnap reggel, amikor Carol kinyitotta a szemét, eltelt pár perc, mire megértette, hogy hol van és miért. Ahogy lábra állt, érezte, hogy sajog a lába, a talpa: a tegnapi, sok tánc most fejti ki hatását. Egy kicsit sántikálva elment a fürdőszobába és felfrissítette magát. Maggie a konyhában készítette a reggelit.

– Hogy aludtál? Nem fáj a lábad? – kérdezte Maggie mosolyogva.

– De, nagyon – mosolygott Carol. A száját is fájdalmasan elhúzta közben, és végigsimított a vádliján.

– Alig bírom emelni a lábaimat. Kellett nekem ennyit táncolni. De nagyon nagy élmény volt. Nem fogom elfelejteni.

Kis idő múlva Carol ezzel folytatta:

– Lenne egy kérésem Frankhez, amit előtte szeretnék megbeszélni veled.

Maggie látta, hogy most valami komoly dologról van szó.

– Szeretném megkérni Franket, hogy a városban nézzen annak utána, hogy hol keresnek eltűnt személyeket. Hátha talál valamit. Mit gondolsz? Lehet, hogy engem is keres valaki, akinek hiányzom.

Maggie nagyon is jó ötletnek tartotta ezt. Amikor Frank megérkezett, Carol meg is kérte Franket erre.

– Sok jó barátom van a városban, és mindegyik megbízható. Szólok majd nekik, és ők biztosan tudnak nekünk segíteni ebben – nyugtatta meg Carolt.

– Sajnos ez nekünk eddig nem jutott eszünkbe. Pedig mostanra már eltelt pár hónap, hogy itt vagy velünk.

Carol intett a kezével.

– Ne érezzétek magatokat emiatt rosszul, hiszen ha ti nem vagytok, akkor most én sem lehetnék itt veletek. – Odament Frankhez, és megölelve őt, neki is megköszönte mindazt, amit érte megtett, és nyomott egy puszit az arcára.

Franknek könnybe lábadt a szeme, pedig nem volt egy érzékeny típus, főleg, ha már a korát nézzük is, de nagyon megkedvelte

Carolt. Vidámságot és színeket varázsolt a megjelenésével az ő életébe is. Aztán Frank elterelte a szót, nehogy észrevegyék Maggie-ék az elérzékenyülését. Az asztalról elvett egy almát, és Carol felé fordult.

– Hogy érzed magad a tegnapi este után? Fáj-e a lábad a sok tánctól?

Carol nevetve válaszolt:

– Igen, nagyon fáj a lábam. Egy ideig nem szeretnék elmenni semmilyen bálba.

Ezen jót nevettek. Éppen arról beszélgettek, hogy Maryt nem is látták a fesztiválon, amikor a kocsija közeledett a bejárón. Amióta Carol Maggie-nél, tartózkodott, még csak egyszer volt nála. Ez már Franknek is feltűnt. Most újra eljött... vajon mit akar?

Mary köszöntötte őket. Most jobb hangulatban volt, mint legutóbb. Nem nagyon kertelt. Elmondta, hogy azért jött, mert Carolnak szeretne egy munkát felajánlani a nagybirtokon, illetve nem ő, hanem az intéző keres valakit. Erre mind a hárman összenéztek, és nagyon meglepődve néztek Maryre.

– Mégis milyen munkáról lenne szó? – kérdezte Maggie, egy kicsit erélyesebben a kelleténél. Először az jutott az eszébe, hogy csak nem Alfréd úr ajánlott fel Carolnak valami munkát, hogy ott lehessen a közelében? De talán nem folyamodna ilyen eszközökhöz, hiszen ő ahhoz túlontúl is büszke. Már meg is bánta, hogy ilyen az eszébe jutott.

– Szóval, miről lenne szó? – kérdezte most már nyugodtan. Mary most igazán szerényen beszélt, és egy kicsit megfontoltan.

– Az intézővel beszéltem pár napja, és ő kérdezte meg, hogy tudok-e egy megbízható embert, lehet akár nő is, csak megbízható legyen. Az igaz, hogy a munka nem teljesen női feladat, de nem annyira nehéz, hogy egy nő ne tudja elvégezni.

– Bökd már ki, hogy mi a munka! – mondta neki Maggie.

A többiek csak hallgatták, hogy mit akar mondani. Végre kimondta:

– Az istállómester mellé keresnek egy megbízható embert.

– Na, nem! Azt már nem! – mondta Maggie kiakadva, és elkezdett fel-alá járkálni a nappaliban. Frank faggatta tovább Maryt:

– Mégis mi lenne a pontos feladata, és hol lenne elhelyezve? Lenne szállása, vagy mindennap be kell járnia?

Mary már bátrabban mondta el a többi információt, mert úgy vette észre, hogy innen már sínen van a dolog, csak ügyesen kell tálalnia.

– Az lenne a feladat, hogy nagyon korai kelés után a lovakat meg kell etetni és itatni, néha trágyázni is kell, vagy segíteni annak, aki csinálja. A lovakat le kell csutakolni, amikor Alfréd úr vagy mások is lovagoltak rajtuk. A lóistállót kell még rendben tartani. Amikor meghozzák a szénát, azt be kell vinni az istállóba, de ezek a szénabálák kicsik, nem a megszokott méretűek. Tehát Carol is elbírja. Amúgy, ha végeztél a munkával – most már Carolhoz beszélt – teljesen szabad vagy egész nap, azt csinálsz, amit akarsz. Egy dolgot nem szabad megtenned: Alfréd úr szeme elé nem szabad kerülnöd. Attól nagyon mérges, ha egy harmadrendű munkása úgymond „lábatlankodik előtte". Szóval erre nagyon oda kell figyelni. Nem mehetsz a nagy házba sem! Csak a melléképületben és az istállóban szabad majd tartózkodni, esetleg a kert egy bizonyos részében. Amúgy mindennap háromszori étkezés jár, de ha jó barátságot tudsz kötni a szakácsnővel, akit Annának hívnak, ő több ételt is ad, ha kérsz. Éhen halni nem fogsz, az már biztos. Ami még fontos, hogy a szállásért nem kell fizetni. Szerintem nem olyan rossz hely. Gondold meg; neked is kell a pénz. Szabadnapokat is kapsz minden héten, a vasárnapot. Szombaton is dolgozni kell, de azt a napot kikérheted egy hétköznapra. A fizetésed annyi lenne, mint nekem, a szállás pedig a melléképületben van. Egy nagyon aranyos, külön kis házad lenne. Mit gondolsz?

Carol jónak találta a munkát, és az tetszett benne neki, hogy szinte tilos összetalálkozni Alfréd úrral. Tehát nem fog találkozni vele. Különben is, Alfréd úr nem is látta az ő arcát és még a nevét sem tudja, ezért kicsi az esélye annak, hogy valaha is rájön arra, hogy ő táncolt vele azon a bálon. Carolnak ez az ötlet egyre jobban tetszett.

Remek, lesz pénzem.

Egy kérdése mégis volt Maryhez:

– Mit jelent az, hogy „harmadrendű" munkás?

Mary megmagyarázta.

– Az a harmadrendű munkás, aki az istállómester mellett segédkezik; aki a kertész mellett segédkezik; aki a konyhában segédkezik. Másodrendű az, akinek segédkeznek. Az elsőrendű pedig az intéző. De ha ezeket a szabályokat betartod, amiket mondtam, nem lesz semmi gond. Az intéző és az istállómester majd elmondja, hogy pontosan mikor és mit kell csinálni. Szerintem aludj rá egyet, és holnap kijövök újra a válaszodért. Úgy gondold meg, hogy ha elfogadod a munkát, akkor már a hétvégén, vasárnap elviszlek a birtokra, és hétfőtől munkába is állhatsz. Én majd többször is megkereslek, nem leszel annyira egyedül. Most már vissza kell mennem. Holnap ilyen tájban jövök.

Mary el is köszönt. Carol kikísérte a kocsihoz, és megköszönte Marynek, amiért kijött hozzá és segíteni akar. Ahogy az elhaladó kocsi után nézett, arra gondolt, hogy Mary most mennyire normálisan beszélt vele. Kedves és segítőkész volt. Mire visszatért a házba, Maggie-ék már arról beszéltek, hogy ez most jó hír, vagy nem az, Carolnak pedig milyen tanácsot adjanak. Elfogadja, vagy ne fogadja el az állásajánlatot? Eltöprengtek ezen.

Maggie arra gondolt, hogy újra egyedül marad. Persze az lehet, hogy egyelőre egy nagyszerű lehetőség Carolnak. Ha visszatérnek az emlékei, akkor úgysem fog ott dolgozni. Ebben egyetértettek.

– Akkor most mi legyen? – nézett rájuk Carol kérdőn.

– Próbáld meg – mondta Frank. – Ha mégis meggondolod magad, mert a munka nehéz, vagy nem érzed jól magad, akkor visszajössz. Maggie, te mit gondolsz?

– Igen, azt hiszem, hogy ez így jó lesz. A szabadnapjaidon pedig még mi is hazahozhatunk, amikor bemegyünk a városba. Igen, ez egy jó ötlet, és akkor én sem leszek olyan sokáig egyedül.

Ebben meg is egyeztek.

– Akkor vasárnap elmegyek Maryvel. Addig is sok dolgot össze kell majd készítenem.

– Ne aggódj, majd én beszerzek neked mindent a városból – mondta neki Frank. – Csak írjátok össze, hogy mit vegyek meg, mire lesz szükséged, Carol.

Frank nagyon készséges volt. Szívesen segített mind a kettőjüknek.

– Holnap én is jövök, addigra írjátok meg a listát.

Frank elköszönt. Maggie elgondolkodva ült a szófán.

– Kicsit furcsának találom Mary kedvességét. Te nem? – nézett Carolra. – Olyan nagyon készséges volt.

– Igen... – szólt Carol. – Sőt, szerintem nagyon normálisnak is tűnt – mosolygott Maggie-re. – Ha ilyen maradna, el tudnám még azt is képzelni, hogy barátnők legyünk. Arra gondoltam, hogy nem gond-e, ha a mai nap nem megyek ki a kertbe segíteni, mert szeretném befejezni a képeket, amiket elkezdtem. Délután pedig összeírhatjuk a listát, de úgy gondolom, hogy nekem csak pár dologra van szükségem.

Maggie-nek most a kert volt a legkisebb gondja. Inkább egy kicsit szomorúnak érezte magát, mert Carol már nem lesz vele mindennap, pedig már nagyon is hozzászokott ahhoz, hogy nincsen egyedül. Végül is pár napot kell csak várni, és akkor Carol is itt lesz.

Carol ezt észrevette, és átölelte Maggie-t.

– Minden rendben lesz. Gondolj arra, hogy mindent vissza tudok fizetni neked.

Na, erre Maggie ránézett, és belecsípett a karjába egy kicsit. Szigorúan kezdte, de aztán elmosolyodott.

– Nekem, te ne mondj ilyet még egyszer! – Közben mutatóujját fenyegetően felemelte. – Gyere, igyunk erre az ijedtségre egy nyugtató teát. – Belekarolt Carolba, úgy mentek a konyhába teát inni.

Találkozások

Másnap kijött hozzájuk Mary a válaszért és boldogan nyugtázta, hogy Carol szívesen elfogadja a munkalehetőséget. Vasárnapig ez a pár nap nagyon hamar eltelt. Carol igyekezett befejezni a megkezdett képeket.

Közben próbált Maggie-vel is minél több időt tölteni. Némileg bántotta adolog, hogy itt hagyja Maggie-t, de azzal nyugtatta magát és a nőt is, hogy hetente két napot itt tud lenni Maggie-nél, és csak pár napig lesz távol.

Jól jön az is, ha pénzt fog keresni, és azt megosztja vele.

Maggie-t a pénz a legkevésbé sem érdekelte, csak a tényt és a gondolatot volt nehéz elfogadni. Tudta jól, hogy ez így helyes. Nem akarja leláncolni Carolt. Talán történik valami, ami hozzásegíti ahhoz, hogy visszanyerje az emlékezetét.

– Semmi baj. Várni foglak, és te elmondod majd a híreket a nagybirtokról – mosolygott Carolra. Már szombaton mindent bepakoltak Carol táskájába, amire csak szüksége lehet. Frank is nagyon kitett magáért, semmit nem felejtett el megvenni, amit ők összeírtak.

Mary vasárnap délelőtt eljött, hogy elvigye Carolt.

– Minden rendben lesz – mondta Carol Maggie-nek.

– Az első szabadnapomon már jövök is hozzád. – Aztán átölelte Maggie-t és Franket is.

– Mindent köszönök. – Ezzel elbúcsúzott, és beült Mary mellé a kocsiba. Ahogy elindultak, hátranézett és integetett nekik. Arra gondolt: *Kicsit furcsa így itt hagyni őket, olyanok már nekem mint a szüleim. Szeretnek, gondoskodnak és törődnek velem.*

Aztán ránézett Maryre, aki szélesen gesztikulálva kezdett el magyarázni.

– Egy cseppet se félj. Igazán jó dolgod lesz. Meglátod. Ez egy jó hely, és kedves, jó emberek vesznek majd körül. Az a lényeg, hogy amit mondanak, azt a munkát mindig becsülettel végezd el! Akkor nem lesz semmi baj. – Rámosolygott Carolra.

Carol megfigyelte, hogy Mary igazán jól vezeti az autót. Meg is kérdezte tőle:

– Mióta vezetsz?

Mary nevetve válaszolt:

– Tulajdonképpen csak két éve van meg a jogosítványom. Sajnos elég nehezen sikerült letennem. Valahogy nem tudtam olyan jól vezetni, mint ahogy azt vártam. Eleinte bosszantott a dolog, hogy nem érzem a vezetést, de aztán egyre jobban belejöttem. Minél többet gyakoroltam, annál jobban ment, és már nem féltem a kormány mögé beülni. Mert eleinte még féltem is. Szeretném megkérdezni tőled, hogy emlékszel-e már valamire a múltadból?

Carol csak előrenézett, és elmerengve válaszolt:

– Sajnos még semmi emlékem nincs.

Hamarosan a nagybirtok bejárati útjához értek. Ez már ismerős volt Carolnak, de nem beszélt róla Marynek. Úgy gondolta, hogy jobban teszi, ha nem szól neki arról, hogy ő is részt vett a tavaszi fesztiválon. Ahogy közelebb értek a nagy házhoz, nem a ház felé vették az irányt, hanem a melléképületek felé. Itt több részből álló épületek voltak egymás mellett, és némelyik különálló. Volt köztük egyszintes és többszintes; kis, takaros, virágokkal díszített házak. Mary elkezdte magyarázni.

– A nagy ház felé lehetőleg ne csámborogj el. – Közben mutatta, hogy melyik házban milyen személyzet lakik. Egy kissé távolabb autóztak még az istállók felé.

– Mindjárt odaérünk a te lakhelyedhez is.

Elhajtottak az istállók mellett. A karám hatalmas, nagy területet foglalt el, amelyet gyönyörű zöld fű borított. Távolabb láttak lovakat is. Carol nem győzött mindezen csodálkozni. Közben vágtában megindultak a lovak feléjük, és ahogy közelebb értek, a kocsit követve, mintha üdvözölnék őket, velük tartottak vágtázva az út közelében. Carolt teljesen lenyűgözte ez a látvány. Maryre nézett.

– Igen, tudom, néha ezt csinálják – mondta Mary mosolyogva.

– Nagyon szépek. Igaz?

Carol bólintott.

– Csodás – mondta.

Amint odaértek a kis házhoz, két férfi várta őket. Mary leparkolt a ház elé, melynek ablakai szintén tele voltak virágokkal.

– Jó napot! – köszönt a két férfi.

Carol mosolyogva fogadta a köszöntést.

– Jó napot kívánok!

Ahogy kezet nyújtott nekik, akkor jutott csak eszébe, hogy neki nincs is teljes neve. Egy pillanatra megingott, de Mary hamar közbelépett, hogy bemutassa őt egy kitalált vezetéknévvel. Mary is köszöntötte őket, és már mondta is:

– Szeretném bemutatni a rokonomat, Carol Heideggert.

Carol hálásan ránézett Maryre. Ő alig észrevehetően rákacsintott, és csak mosolygott. Az intéző kicsit érdekesnek találta a nevét, és odafordult Carolhoz.

– Maga német?

Carol rögtönözve válaszolt, most már bátrabban nézve az intézőre.

– Igen. Az édesapám német származású.

Ennél többet már nem kérdeztek tőle, hanem az intéző megkérte Maryt, hogy vezesse el Carolt a szálláshelyére, pakoljanak ki a kocsiból, és utána keressék meg őket. Mary mutatta az utat a szép házhoz. Carolnak nyomban megtetszett a sok virággal díszített ház. Ahogy beléptek, egy kis előtérbe érkeztek, majd abból nyílt a konyha, a szoba és a fürdőszoba. A szobából még nyílt egy kis terasz is. Carolnak nagyon megtetszett. A berendezés egyszerű volt, mégis volt benne némi elegancia.

– Na, hogy tetszik? – kérdezte tőle Mary mosolyogva.

Látta, hogy Carol is mosolyog.

– Nagyon szép és elegáns, éppen megfelelő.

Behozták a kocsiból Carol táskáját.

– Majd később lesz még időd kipakolni és egy kicsit berendezkedni – mondta neki Mary, és elindultak megkeresni az intézőt és az istállómestert. Hamar meg is találták őket az istállók mellett.

– Most már rájuk bízlak téged, mert nekem is van még dolgom. Ha valamire szükséged van, a konyhában a szakácsnő, Anna is tud neked segíteni. Fordulj hozzá bátran. Már beszéltem neki rólad, így nem leszel annyira idegen. – Közben a nem messze tőlük lévő épületre mutatott. – Ott találod az alkalmazottak konyháját. Ebédre mindenképpen menj oda, várni fog téged. Carol mindent megköszönt Marynek. Ahogy közelebb ment a férfiakhoz, látta, hogy nagyon nagy beszélgetésben vannak a lovakkal kapcsolatban. Carol kissé félve próbált odalépni, hogy egyáltalán megzavarhatja-e a beszélgetésüket, de az intéző hamar észrevette.

– Jöjjön csak, Carol. Elmondok pár dolgot. Nem kell egyszerre mindent megjegyezni. Mindig megkapja a napi feladatot, itt, az istállók előtt fognak találkozni minden kora reggel. Az istállómester mondja el, hogy mit kell tennie. Reggel korán kell kelnie, mert 6 órakor van az eligazítás itt, ezen a helyen. Nem felejti el? Remélem, ez a korai kelés nem fog magának gondot okozni.

– Egyáltalán nem – mondta Carol. – Én minden reggel korán felkelek.

– Helyes – mondta az intéző. – A mai napon rendezkedjen be a házban és menjen el ebédelni. Az étkezési szokásokat majd a szakácsnő elmondja. Holnap reggel legyen itt. Kérem, hogy ne késsen el!

Az intéző otthagyta őt az istállómesterrel. Carol úgy vette észre, hogy egyidős lehet az intézővel, és talán ő egy kicsit kedvesebb, mert ahogy az intéző elment, ő rögtön mosolyogva nézett Carolra és megkérdezte, hogy van-e kedve megnézni a lovakat. Carol boldogan mondott igent.

Végre egy kicsit felszabadultan lehetett itt, mert eddig nagyon feszült és ideges volt.

Végigmentek a nagy istállón, közben az istállómester magyarázta a napi teendőket és megnyugtatta Carolt, hogy ez a munka még egy nőnek sem nehéz.

– Remélem, nem fog megfutamodni! – mondta neki mosolyogva. – Holnap bemutatok magának egy fiatalembert, aki maga mellett lesz a munkákban. Nem mindig, viszont vele a nap folyamán többször kapcsolatban lesz. Amikor nem tudja, hogy mit kell tenni, őhozzá is fordulhat segítségért. A fiatalembert Robertnek hívják. Már évek óta itt dolgozik. Jó segítsége lesz.

Ügyes és megbízható. Majd elfelejtettem... Mondta-e magának Mary azt, hogy a nagy ház felé ne menjen, mert Alfréd úr nem szereti a „harmadrendű munkásait" a közelében?

Carol rögtön válaszolt, hogy bizony, erre nagyon is felhívta a figyelmét Mary. Az istállómester ezt nagyon megnyugodva vette tudomásul. Visszakísérte Carolt az istálló elejébe, és elköszönt tőle.

– Holnap találkozunk. Addig is pihenjen egy nagyot, és ismerkedjen meg a ház körüli kerttel. Sétáljon egyet. Még valami. Holnap reggel adok majd magának munkaruhát, csizmát, és még ami kell.

Carol egy darabig nézett utána. Megfordult, és jobban szemügyre vette a kis házat. Egyre jobban tetszett neki.

Nagyon szép. Megnézte az ablakban lévő muskátlikat, hogy meg kell-e locsolni.

– Ez bizony száraz – ellenőrizte a kezével a virág földjét. Elkezdett körbenézni, hogy vajon hol találhat egy kisebb locsolót és honnan hozhatna vizet. A ház bal oldalán talált egy kis kerti csapot, és mellette egy kis locsolót.

Biztosan van, aki ezt is meglocsolja. Viszont mostantól én fogom locsolni.

Meg is fogta a locsolót, és teliöntötte vízzel. Ahogy meglocsolta a muskátlikat, eszébe jutott Maggie. Bizonyára örülne annak, hogy ő már az első ránézésre tudja, hogy ez a virág szomjas. Nagyot mosolygott ezen, és visszavitte a locsolót a helyére.

Bement a házba, és elkezdte kipakolni a ruháit a szekrénybe. Az ágy nagyon kényelmesnek tűnt. Amint kipakolt, végigfeküdt rajta. Arra gondolt, hogy mennyire fog neki hiányozni a reggeli fényjáték és a madarak éneke.

De nem baj, egy ideig elleszek itt.

Megnézte még a fürdőszobát, és itt is elhelyezte a dolgait. Kinézett a kis teraszra. Meglepődve vette tudomásul, hogy a nagy házra lát rá. Igaz, eléggé messze van, nem látni, csak nagy körvonalakban. *Jól van ez így.*

Megnézte, hogy mennyi az idő.

Lassan elindulhatok a konyha felé.

Becsukta a ház ajtaját. Azon tűnődött, hogy nem kapott a házhoz kulcsot. Így hogyan fogja bezárni? *Majd megkérdezem a szakácsnőt* – gondolta Carol. Gondolataiba mélyedve haladt lassan tovább, és hirtelen egy ló nyerítését hallotta. Megtorpant és körülnézett. Kissé messzebb tőle egy lovas szállt le az egyik gyönyörű fekete lóról. Az istállómester átvette tőle a gyeplőt, és bevezette az állatot az istállóba. Közben beszélgettek a férfival, amit Carol nem hallott tisztán. A férfi, aki leszállt a lóról, neki háttal állt, így nem láthatta az arcát, de hirtelen arra gondolt, hogy mi van, ha Alfréd úr a lovas. Erre a gondolatra nagyon megijedt, és gyorsan keresett egy búvóhelyet. Elbújt egy fa mögé, és onnan leste a további fejleményeket. Nem tudta teljesen kivenni, hogy ki lehet ez a férfi, de Carolnak nagyon úgy tűnt, hogy Alfréd úr az.

Már csak az hiányzik, hogy az első napom első órájában belé botoljak. Még meg sem kezdtem itt a munkámat, és rögvest kiteszik a szűrömet. Ezt az időpontot meg kell jegyeznem. Ki sem teszem a lábam ezentúl ebben az időben.

Carol szinte remegett ettől a tudattól, hogy most már, úgy tűnik, nagyon, de nagyon vigyáznia kell, nehogy összetalálkozzon vele. Úgy döntött, hogy az ebéd után jó nagy sétát tesz a ház és az istálló körül, és megnézi az esetleges búvóhelyeket is. Lehet, hogy szüksége lesz rá. A férfi lassan elment, így Carol is megnyugodott. Még egyszer körülnézett, és lassan elindult a konyha felé. A konyhai kis ház ablakai szintén tele voltak gyönyörű muskátlikkal. A ház ajtaján egy nagyon szép kis táblára rá volt írva: „kiskonyha".

Legalább jó helyen járok – gondolta Carol. Az ajtón kopogott, de nem kapott választ, ezért lassan benyitott. Először halkan, aztán hangosan elkezdett köszönni.

– Jó napot! Jó napot! – Majd kicsit később megszólalt egy női hang, de magát a hang forrását nem látta.

– Jöjjön csak be, kedves.

Pár perc múlva a nő is belépett egy másik ajtón, egy kosár frissen szedett salátával a kezében.

– Köszöntelek itt, a birodalmam egyik helyiségében, kedves Carol – nyújtotta köszöntésre a kezét. – Tudod, Mary már elmondta nekem, hogy a mai napon költözöl a birtokra. Nagyon örülök neked. Az én nevem Anna. Arra kérlek, hogy tegeződjünk. Carolt nagyon kellemesen érintette az, hogy a szakácsnő szinte ugyanolyan, mint Maggie. A kedvessége, a kora, a mosolya... mintha testvérek lennének. Carol hálásan köszönte a kedves fogadtatást. A finom ételillat miatt önkéntelenül is kibukott belőle:

– Nagyon jó illat van. Finomat főzhettél.

– Igen. Ez így van. Mindjárt az asztalhoz is ülünk ebédelni, de előtte megmosom és megízesítem a salátát. Arra kérlek, hogy készítsd el addig a limonádét, és utána meg is terítjük az asztalt. A limonádéhoz találsz hozzávalókat a hűtőben, az ablakban és a kis polcon.

Carol most nagyon örült annak, hogy Maggie-nél megtanult finom limonádét készíteni – így nem fog szégyent vallani. Meg is talált mindent. A konyha ablakában, kisméretű cserépben talált citromfüvet és mentát is. Ezeket megmosta, majd jól elkeverte a kancsóban lévő citromlevet a cukorral és felöntötte hideg vízzel, beletette a mentát, a citromfüvet és a citromkarikákat, és lefedte a kancsót. Anna mosolyogva figyelte.

– Látszik, hogy Maggie a nagynénéd. – Aztán az ablak felé tekintve hirtelen elkomorodott és ijedt arcot vágott.

– Hát ez meg? Gyorsan, gyorsan, bújj el ide, a hűtő mögé! – mutatta a kezével. Carol hirtelen nem értette, hogy mi a baj. Követte Anna tekintetét. Aztán egy pillantásra meglátta Alfréd urat az ablakon át, ahogy a kiskonyha felé igyekezett. Carol olyan gyorsan bújt el, hogy még Anna is meglepődött. De már nyílt is az ajtó.

– Jó napot, Anna!

Anna meglepetten fogadta a köszöntést.

– Jó napot Alfréd úr! Miben segíthetek? – kérdezte, némi meglepetéssel a hangjában.

– Egy pohár frissítőt szeretnék kérni. Nagyon megszomjaztam a lovaglás alatt, és a nagy ház innen elég messze van.

Anna elővett egy poharat, és töltött a Carol készítette limonádéból. Alfréd úr tényleg nagyon szomjas lehetett, mert egy húzásra megitta a limonádét és megjegyezte:

– Ez most nagyon frissítő volt, és kifejezetten nagyon finomra sikerült. Köszönöm, Anna. Szép napot magának – ezzel el is ment.

Carol visszatartott lélegzettel állt a hűtő mögött, és ijedten meredt maga elé. Majdnem hangosan kimondta, amit gondolt. *Ezt nem hiszem el! Ez ma már a második alkalom, hogy majdnem elé kerültem. Még csak most érkeztem... Mi lesz még itt? Állandóan bujkálnom kell?*

Lassan kilépett a hűtő mögül.

– Úgy látom, Mary jól felkészített Alfréd úr furcsa nézeteiről. Ügyes voltál! – mondta neki Anna.

– Köszönöm – mondta Carol halkan. – Nagyon megijedtem. Ráadásul ma már láttam egyszer – igaz, csak messzebbről, az istállónál: megállt a lovával és leszállt róla, éppen akkor, amikor ide sétáltam.

Közben kinézett az ablakon, biztosra véve, hogy Alfréd úr már elment.

– Még csak most érkeztél, s máris ilyen eseményekben van részed. Azért legyél nagyon óvatos – figyelmeztette Anna.

Carol megértette, és köszönte a jó szavakat.

– Viszont a limonádé, amit csináltál, meg lett dicsérve, és ez igazán nagy szó Alfréd úrtól – nevetett Anna.

– Nem is gondolhatta azt, hogy nem én készítettem – mondta még mindig mosolyogva.

Megterítették az asztalt, és megebédeltek. Carol segített Annának az asztalt leszedni és mindent a mosogatóhoz vinni. Gondolta, hogy köszönetképpen segít Annának elmosogatni, de Anna nem engedte meg neki.

– Ugyan, hagyd csak! Ma már úgy sincsen több dolgom. A vacsorát már korábban előkészítettem, így most nekem is van egy kis szabadidőm. Te pedig menj, és ismerkedj meg a környékkel. Csak arra vigyázz nagyon... – Közben a nagy ház felé mutatott.

Carol megköszönte az ebédet és a kedvességét, és elköszönt. Ahogy kilépett az ajtón, rögtön szétnézett.

Mindent rendben talált, nem volt a környéken senki. Így nyugodtan ment a kis ház felé. Gyönyörűen sütött a nap. Nem is volt kedve bemenni a házba, inkább elindult sétálni, és eszébe jutott, hogy búvóhelyeket kell keresnie, mert ez a dolog kezd eléggé komollyá válni. Séta közben arra gondolt, hogy Alfréd úr nem tűnik olyan haragos és kiállhatatlan embernek, mint ahogy eddig mindenki elmondta. Annával is igen kedvesen beszélt. Persze, lehet, hogy csak azért, mert Anna másodrendű. *Én viszont nem az vagyok. Szóval inkább vigyázok, mint hogy bajba kerüljek. Nem szeretném megtudni, hogy milyen a haragja.* Ahogy sétált, a lovak kifutójához ért. Most nem voltak kint a paripák, de még ez a puszta, gyönyörű zöld füves rét is csodálatos volt. Nagy volt a csend. Sehol senki. Egyszer csak egy madár éneke hallatszott egyre hangosabban. Carol felnézett a fák lombjaira, és kereste a tekintetével az egyre hangosabban éneklő madarat. *Úgy látszik, hogy közelebb és közelebb repül.*

Carol nem akart megmozdulni, nehogy megriassza a madarat. *Melyik madár lehet? Hogyan is tanította Maggie? Talán a fülemüle... annak van ilyen különleges hangja.*

Carol örült annak, hogy itt is van madárének.

Legalább ez is Maggiere emlékeztet, és persze Anna... Elképesztően hasonlít Maggie-re. Lesz mit mesélnem Maggie-nek és Franknek, amikor újra találkozunk.

Még egy ideig sétált, majd leült egy fa tövébe, és tovább hallgatta a madár énekét. Elgondolkodott azon, hogy vajon milyen lehet az igazi élete. Mit csinálhatott, vannak-e szülei? Keresik őt, hiányzik valakinek? Barátai, munkatársai? Milyen a munkahelye? Mit keresett az erdőben, ezen az úton a kocsiban? Miért szenvedett balesetet, ki lehet a férfi, és miért hagyta őt cserben?

Rengeteg kérdése lett. Próbált az emlékekben kutatni, de nem jutott eszébe semmi. Ennek ellenére nem volt szomorú. Maggie-re és Frankre gondolt.

Van valami jó is ebben a balesetben: egészen pontosan ők ketten. Nagyszerű emberek.

Eltelt így a délután, kissé elmerengve. Aztán vissza sétált a házhoz. A szobában előkészítette a ruháját másnapra, és beállította a csörgőóráját, hogy még véletlenül se aludjon el. Fürdés után még olvasott egy kicsit abból a könyvből, amibe még Maggie-nél belekezdett. Hamar álmosság fogta el. Elalvás előtt újra eszébe jutott Alfréd úr. *Nem akarok vele találkozni! Óvatosabb leszek ezentúl.*

Élethelyzetek és rigolyák

Carol másnap reggel 6 órakor pontosan megjelent az istálló előtt. Az intéző nem volt ott, csak az istállómester, aki mosollyal fogadta. Mellette állt egy Carolhoz hasonló korú férfi. – Bemutatom Robertet, ő fog magának sok mindenben segíteni. Ha valamit nem tud, nyugodtan forduljon hozzá. Persze a munkatársa is lesz egyben. A napi feladatokat is legtöbbször ő fogja megmutatni. Carol, arra kérem, most jöjjön velem, adok magának munkaruhát. Közben Carol bemutatkozott, és kezet fogott Roberttel. – Köszöntelek itt, a nagybirtokon. Örülök annak, hogy egy ilyen szép nő lesz a munkatársam – mondta vigyorogva.

Carol rámosolygott, de nem vette a lapot, hogy bármilyen viccesnek ható dologgal válaszoljon neki. Ahhoz túlságosan is ideges volt. Megfordult, és elindult az istállómesterrel az istállóval egybeépített helyiségbe. Az istállómester benyitott az ajtón.

Ez lehet az irodája – gondolta Carol, ahogy körülnézett: rengeteg mappa volt elhelyezve a polcokon. A falakon mindenféle lovak képei, és díjazott lovasok miniatűr szobrai arany és ezüst színben. Egy nagy asztal mögé ült le a férfi, egy szerződést mutatott Carolnak, hogy olvassa el és írja alá.

– Ez itt csak egy formaság. Inkább csak a fizetés miatt van ez a szerződés. Nincs benne szabály, de azért olvassa el. Ami fontos, hogy a vasárnapja szabad, és ha van kedve, azon a napon is dolgozhat, amikor a második szabadnapja van. Természetesen ki lesz az is fizetve.

Még egy-két eligazítást mondott neki, utána ellátta mindenféle munkaruházati eszközzel: ruha, csizma, kesztyű.

– Ha szüksége lesz még valamire, csak szóljon. A ruhákat a mosodába kell vinni, és ott talál majd váltás ruhát. A munka végeztével Robert elkíséri a mosodához. Amikor átöltözött, menjen el Roberthez, ő megmondja a mai nap feladatát. Érezze jól magát nálunk.

Átvezette Carolt egy másik helyiségbe.

– Itt nyugodtan átöltözhet. – Közben elköszönt Caroltól, rámosolygott, és megbiccentette a kalapját.

Carol gyorsan átöltözött, majd megkereste Robertet, aki éppen etette a lovakat.

– Gyere velem. Most megetetjük a lovakat, és kivezetjük őket a rétre. Utána kitakarítjuk az istállót. Remélem, végezni fogunk ezzel délig. Ebéd után beszalmázzuk a lovak helyét. Ennyi a munka mára. Utána szabadprogramod van. Szóval igyekezzünk – mondta Robert határozottan, és már mutatta is, hogy honnan hozza Carol az ennivalót a lovaknak.

Carolnak nagyon tetszettek a lovak. Úgy tűnt neki, hogy egészen békés és intelligens állatok. Ahogy etette őket, úgy beszélt is hozzájuk, de megsimogatni még nem merte őket. Észrevette, hogy Robert ezen nagyot mosolyog, de ő ezt nem bánta. Az etetés után kivezették a lovakat a karámokból. Carol ámulattal és örömmel nézte, ahogy a lovak, kiérve a rétre, szabadon elkezdtek vágtatni egyre messzebb. Robert odament mellé, és elgondolkozva mondta neki:

– Holnap elmegyek ellenőrizni a kerítéseket, hogy minden rendben van-e. Ezért reggel, amikor kiengedjük a lovakat, utána megmutatom, hogy mivel folytasd a munkát.

Visszamentek az istállóba, és mindennel végeztek délig. Robert megmutatta a mosodát Carolnak.

– Ide menj be, ezt a ruhádat cseréld le, utána menj ebédelni. Ebéd után találkozzunk az istállóknál. Körülbelül egy órád van az ebédre. Jó étvágyat! – ezzel Robert ott is hagyta.

Carol benyitott a mosodába, ahol több mosógépet is látott, kisebbet és nagyobbakat, de a helyiségben nem talált senkit. A ruháját lecserélte egy tisztára, a szennyest betette a szennyestartóba, majd elment a kiskonyhába ebédelni. Anna nagy örömmel fogadta.

– Szia, Carol. Milyen volt az első napod? Nem vagy fáradt? – kérdezte kíváncsian.

Carol elmondta neki a napját, közben elkezdtek ebédelni.

– Olyan furcsa a számomra, hogy csak ketten ebédelünk. Miért van ez így? – kérdezte.

– A férfiak máshol ebédelnek. Én főzök mindenkinek, itt is, és a nagy házban lévő személyzetnek is. Valamint Alfréd úrnak, amikor itthon van, de most nincs itthon. Úgy tudom, hogy a hétvégére jön csak vissza. Így egy kicsit könnyebb a helyzetem.

– Mi van akkor, amikor a nagy ünnepségek vannak? Úgy hallottam Marytől, hogy több alkalommal vannak a nagy házban rendezvények és összejövetelek. Ilyenkor ki főz? Van valamilyen segítséged? – kérdezte Carol.

– Persze, ünnepségek tényleg sokszor vannak. Valamilyen okból kifolyólag sűrűn előfordul, majd meglátod. De akkor van segítségem bőven. Általában és mindig én vagyok az, aki megmondja, hogy ki mit csináljon. Ilyenkor sok szakács jön, és kisegítők. A konyhában olyan a nyüzsgés, hogy nagyon észnél kell lennem, de az évek alatt már megszoktam, és általában mindig ugyanazok a személyek jönnek, akik már tudják a dolgukat. Én elmondom, hogy mi lesz a menü, és kiosztom a feladatokat. Így aztán mindenki tudja, hogy mit kell csinálni, és nincsen semmiféle kavarodás. Előfordulhat még az is, hogy neked is be kell segíteni, mert aki él és mozog itt a birtokon, az ilyenkor kiveszi a részét az előkészületekből, és mindenki segít, csinál valami hasznosat. Beáll pincérnek, vagy a konyhában ténykedik a szakácsok mellett, a nagytermet a szobalányok feldíszítik stb. Úgy gondolom, hogy nem fogsz itt unatkozni. Tehát amikor van szabadidőd, azt használd ki és pihend ki magad, mert nem tudhatod, hogy a következő napokban mi fog történni. Alfréd úr már csak ilyen. De mondok neked még valamit. Amikor Alfréd úrnak itt tartózkodik a nagymamája, akkor kell csak igazán mindenre figyelni. Ott nincsen pardon! De téged ez nem érint. Inkább a szobalányokat, mert mindennek patyolatnak és éllel vasaltnak kell lennie, amikor ő megjelenik. Mindennek frissnek, üdének és tisztának kell lennie. „A vázákban friss virág illatozzék, porcicát pedig ne lássék."

Anna az utolsó mondatot olyan fennhangon mondta, mint valami színésznő, és közben felemelte a fakanalat. Ezen mind a ketten jót nevettek.

– Ezek szerint a nagymama nagyon szigorú lehet – mondta nevetve Carol.

- Az már bizonyos, hogy a nagymama nagyon katonásan nevelte Alfréd urat, és megköveteli a szigorú fegyelmet a személyzettől is. Szerencsére nem látogat el olyan sűrűn az unokájához. Évente kétszer, s általában egy hetet marad. Nekünk az éppen elég.

Carol tekintete a faliórára tévedt.

- Te jó ég, ennyi az idő?

Carol arra gondolt, hogy nagyon sokáig beszélgetett Annával. Megköszönte az ebédet és a beszélgetést, és már rohant is az istállóhoz. Szerencséjére Robert is csak akkor érkezett.

- Minden rendben? – kérdezte a futástól lihegő Carolt.

- Persze, csak nem akartam elkésni – mondta Carol lihegve.

- Ugyan már... Honnan késnél el? A szalmázásból? – nevetett Robert.

- Nem veszem ezt olyan szigorúra, mint a többiek.

Közben a nagy ház felé mutatott.

- Ebből ne csinálj magadnak gondot. Ha nem vagyok itt, és te a munkát elvégzed nagyjából abban az időben, ahogy megmutatom, akkor nem leszel elkésve semmivel. Rendben? – kérdezte megnyugtatóan Caroltól.

Ketten hamar beszalmázták az istállót. Amikor végeztek, Robert elégedetten mondta:

- Ezennel az első munkanapodat befejezted. Pihenj egy nagyot. Jól dolgoztál. Remélem, nem volt nagyon megterhelő. Holnap könnyebb lesz. Ha van kedved, nézd meg a lovakat, hogyan vágtatnak.

Már fordult is, de hirtelen megállt.

- Még valami. – Visszanézett Carolra.

- A mosodában bármikor lecserélheted a ruhádat. Ott mindig találsz tiszta ruhát. Ne feledd! Koszos ruhában nem mászkálhatsz egész nap! Ebédelni is csak tiszta ruhában mehetsz! Ha úgy látod, hogy egy-egy munka befejeztével összekoszoltad a ruhád, menj és cseréld le! Az intéző erre nagyon allergiás! Ha meglát, az lesz az első, hogy végignéz rajtad, és nem azért, mert nő vagy, hanem a ruhád tisztaságát fogja megnézni! Sőt, a saját ruhádat is kimoshatod ott.

Robert ezt nagyon komolyan mondta, majd visszament az istállóba. Carol jól az eszébe véste.

Ez egy újabb rigolya ezen a birtokon. Lassan itt mindenkinek lesz valami heppje. Jegyzetelnem is kell? Alfréd úr a harmadrendűségével, a nagymama a katonai szigorral, és most pedig az intéző a tisztaságmániával. Hát ez szép!

Carol elindult megnézni a lovakat. Tényleg vágtáztak. Meszszebb voltak tőle, de még így is csodás látvány volt. Még egy darabig elnézte őket, majd elment a mosodába ruhát cserélni. Ahogy kilépett a mosodából, érezte, hogy ideje lenne valamit enni. A konyha felé vette az irányt.

Megkérdezem Annától, mit tudnék vacsorázni.

Amint belépett a helyiségbe, az asztalon észrevette Anna üzenetét.

„Kedves Carol! Vacsorát találsz a hűtőben. Válassz bármit, amit szeretnél. Üdv: Anna."

Carol megvacsorázott, mindent elpakolt maga után, és kissé fáradtan ballagott a kis ház felé. Visszagondolt a mai napjára, és nagyon örült annak, hogy ilyen jól megállta a helyét. Minden rendben ment, és igyekezett nagyon figyelni arra, hogy ne hibázzon. A nap végén pedig Robert is megdicsérte. Kezdetnek ez így egészen jól ment.

– Csak így tovább! – mondta ki nem túl hangosan. A házba érve átöltözött, és a tiszta munkaruhát ráhelyezte az egyik székre.

Remek, még a ruhámat sem kell kimosnom. Érdekes, erre nem is számítottam. Ezt még Mary sem mondta.

Fürdés után az ágyban Maggie-re és Frankre gondolt. Vajon hogy vannak, mikor láthatja őket újra? A fáradtságtól hamar elaludt.

Minden rendben

Carol jólesően nyugtázta, hogy a következő napjai is igazán nyugodtan és kellemesen teltek el. Hétvégén a birtok bejáratához közeli buszmegállóban felszállt a buszra, és utazott. Egy a Maggie házához közeli megállóban szállt le, és begyalogolt a házhoz. Maggie és Frank nagy örömmel várták.

– Ki akartunk menni eléd. Miért nem engedted? – kérdezte Maggie.

– Semmi baj, nem akartam nektek ezzel gondot okozni. – Közben Carol megölelte őket.

– Jól van. Az a lényeg, hogy itt vagy. Ülj csak le, és mesélj, hogyan telnek el a napjaid.

Figyelmesen hallgatták Carol elbeszélését a napi feladatairól. Mesélt Anna kedvességéről, az intéző szigoráról, az istállómesterről, és Robertről is. Nagy lelkesedéssel mesélt a kis ház szépségéről és szépen berendezett helyiségeiről. Elmondta, hogy megvan mindene, amire csak szüksége lehet. Beszélt nekik a lovakról és a gyönyörű parkról, aminek még csak egy kis részét láthatta.

– Ti nagyon hiányoztok – mondta.

Carol átbeszélte az egész hétvégét Maggie-ékkel. Vasárnap ebéd után Frank visszavitte Carolt a birtokra.

Eddig minden rendben – gondolta Carol. *Ha ez így is marad, akkor megleszek itt egy ideig.*

Az egyik reggelen Robert a következő feladattal bízta meg:

– Amikor a lovakat kiengedtük, ne felejtsd el, hogy az istálló két utolsó karámhelyiségét még nem takarítottuk ki. Nekem el kell mennem, de te azt most már egyedül is meg tudod csinálni – mondta neki.

– Nem lesz gond. Megcsinálom, ne aggódj. Mit kell még tennem? – kérdezte Carol.

Robert még ellátta feladattal, és magára hagyta. Carol egyáltalán nem bánta. Nagyon szeretett egyedül dolgozni. Megcsinált mindent a maga tempójában, és időre készen is volt. Most már kialakult egy napi rutinja. Igazán jól érezte magát. Az intézővel nem találkozott egész héten. Ez is adott neki némi nyugalmat. Persze Alfréd urat sem lehetett látni, még a távolban sem bukkant elő. Általában elutazott a hét elején, és ha minden jól ment, akkor csak a hétvégére tért vissza a birtokra. *Anna mindig jó informátor. Nagyszerű. Nem kell tartanom attól, hogy elébe kerülök, és nem kell folyton lesnem, hogy nem bukkan-e elő valahol.*

Felvette a kesztyűt, megfogta a talicskát és a lapátot, és hátrament az istálló végében lévő két karámot kitakarítani. Carol megnézte, hogy vajon mennyi munka van vele, de ahogy megszemlélte, megnyugodott. Az elsővel hamar készen is lett, hozott friss szalmát és szétterítette a tiszta karámban. Jókedvében el is kezdett dudorászni valamilyen dallamot. Közben elkezdte lapátolni a lótrágyát a talicskába a következő karámban, és arra gondolt, hogy már a szaga sem zavarja. Tovább dudorászott...

Egyszer csak megszólalt egy férfi a háta mögött:

– Jó napot! Mondja csak, merre van Robert?

Carol hirtelen megállt, a lélegzete is elakadt. Félretette a lapátot. *Csak nem...?* De már nem tudta végiggondolni, mert ahogy meg akart fordulni, megcsúszott a lába a friss trágyán és megcsúszva visszaesett, éppen bele arccal a trágya egy részébe. Szerencsére nem ütötte meg magát. Próbált felállni, és meglátta, hogy Alfréd úr a kezét nyújtja segítségül, hogy felsegítse, de aztán meggondolta magát, és visszalépett tőle két lépéssel. Megvárta, amíg Carol feltápászkodik valahogy. Carol félve, csak oldalasan állt meg előtte, éppen csak egy szempillantásra nézett a szemébe. Arcán a trágya egy része – *Szépen nézhetek ki! –*, majd újra rápillantott Alfréd úrra. *Ez tényleg az a szép szempár, akire gondoltam. Most mi lesz?*

Gyorsan elkapta a pillantását. Nem mert még egyszer a szemébe nézni. Lehajtotta a fejét is.

– Minden rendben? Jól van? – kérdezte Alfréd úr.

Carol csak bólintott, hogy minden rendben. Alfréd úr elgondolkozva nézett rá egy kis ideig, mint aki kérdezni akarna valamit.

– Mondja, találkoztunk mi már valahol?

Carol nem bírt megszólalni. Rázta a fejét, miszerint nem.

– Hmm, ez érdekes. – Alfréd úr elgondolkodva megfordult, és lassan elindult kifelé az istállóból. Carol még egy ideig mozdulatlanul állt. Aztán magához térve végignézte a ruháját, a kezét. Abba már nem is mert belegondolni, hogy az arca hogyan nézhet ki. Gyorsan befejezte még, ami hátra volt. Arra gondolt, hogy elsiet a mosodához átöltözni és rendbe tenni magát, mert ha még az intézővel is összetalálkozik ilyen trágyás ruhában, bizonyára nem ússza meg a dolgot olyan könnyen. Kinézett az istállóból. Nem látott senkit.

Gyorsan átrohant a mosodába. A mosdókagylónál belenézett a tükörbe, s megpróbálta lemosni magáról a trágyát – több-kevesebb sikerrel –, majd gyorsan átöltözött. Utána megpróbálta még tisztábbra mosni az arcát.

Most már jobb. Nem hiszem, hogy felismert.

Belenézett újra a tükörbe.

A szemeimet megismerte volna? Mit is kérdezett? Találkoztunk-e már valahol? Felismert volna a szememről?

Ezekkel a gondolatokkal ment el ebédelni Annához. Anna végigbeszélte az ebéd időt. Nem is vette észre, hogy Carol milyen szótlan az ebéd alatt. Carol visszasétált az istállóhoz, közben megfigyelte, hogy van-e a közelben valaki. Mivel senkit nem látott, már nyugodtabban kezdte el az újabb feladatot. A munka befejeztével elment átöltözni, és még mindig melankolikusan, elgondolkodva a nap eseményén, leült a ház mögötti kertben lévő egyik padra. Azon gondolkodott, hogy tényleg csak a szeméről felismerhette volna a férfi? Nagyon furcsa érzései támadtak. Hasonlóan, mint amikor a fesztiválon táncolt vele.

Lehetséges lenne az, hogy megkedveltem? De hiszen még nem is beszéltem vele egy mondatot sem. Eddig csak némán hallgattam... Most ha megkérdezné Maggie, hogy érzem magam, nem mondhatnám neki azt, hogy minden rendben.

Carol a gondolataiba merülve ült még egy ideig a padon, és egyre csak a nagy ház felé nézett elmerengve.

Remény és kétségek

Alfréd beült a legújabb autójába, amit pár hónapja vett, és újra az volt a véleménye, hogy ez egy jó választás volt. Szép autó, és a legújabb modell. Mindenképpen az ő ízlésének megfelelő. Elindult a birtok kivezető útján. Az üzletet, amit Frankkel megbeszélt, végre nyélbe tudja ütni. Nem csalódott a megérzéseiben, hogy Franknél fogja megtalálni az újabb lovát, amelyet csak ő ül meg. Már nem is olyan kiscsikó, el tudja hozni, és felnevelve egymáshoz szoknak. Ahogy kihajtott a Frankhez vezető útra, egyszer csak belenyilallt a lehetőség, hogy meglátogatja Maggie-t, úgyis útba esik. Lehetséges az is, hogy összetalálkozik az unokahúgával.

Az a szempár... Nagyon megfogta, és a gyönyörű ruha rajta... igazán lenyűgöző volt, és ahogyan összesimulva táncolt vele, szinte megszűnt körülötte a világ. Varázslatos volt. Ilyen érzései még nem voltak! Azóta is az emlékeiben őrizte. Milyen jó lenne találkozni vele és megismerni őt! Bizonyára Maggie sem ellenezné.

Akkora izgalom lett úrrá rajta, hogy mély levegőt vett, hogy egy kissé megnyugodjon.

Őrület, miért izgulok ennyire? Nem vagyok már kamasz...

Még egyszer vett egy nagy levegőt, és lassan kifújta. Nem mintha a nagylevegő-vétel javított volna valamit az érzésein, mert egy kissé félve és izgatottan – vagy inkább reményt érezve a szívében – hajtott lassan tovább. Az biztos, hogy most ugyanúgy kalapál a szíve, mint amikor arra a lányra gondol. Csak akkor fogja el ez a furcsa és reményteli érzés, amikor visszaemlékezik a tavaszi fesztiválon történtekre, és a meghitt táncra. Attól a pillanattól, amikor a szemébe nézett, megváltozott körülötte a világ. Utána már alig várta, hogy véget érjen a vendégfogadás és bemehessen a terembe. A vacsora alatt is kereste a tekintetével, hátha megláthatja az arcát, de abban a nagy tömegben nem látta sehol. Az este folyamán először gondolt arra, hogy kevesebb vendéget kellett volna meghívnia. A vacsora után a bálteremben végre átesett a kötelező táncokon. A polgármester felesége, na és a lánya, akit amúgy sem kedvel. Hiába, nem szép, de így, álarcban elmegy – mosolygott.

Utána még hátravoltak a kötelező táncok közül a jobb módú, befolyásos családok hajadon leányai.

A választék megvan, csak éppen nem nekem való. De az a szempár… Meg kell tudnom, hogy ki lehet ő, az arcát is látnom kell, és beszélgetni vele, a közelében lenni, megfogni két kezét, újra a szemébe nézni, hogy megtudjam, hogy akkor is ezt fogom-e érezni, mint amit most érzek. Kezdek megőrülni? Mi ez a hirtelen, nagy érzelmi változás a szívemben? Szerelmes lettem egy szempárba? Ha ezt elmondom a nagymamának, ki fog nevetni. Már szinte hallom is… „Pont te, Alfréd?". Megrökönyödve nézne rám. Hallgathatnám az erről a nézetről való szigorú álláspontját és szabályait. Az emberek azt mondják, hogy én vagyok a szigorú, kimért és arrogáns a természetem. Nem ismerik olyan jól a nagymamát, mint ahogy én ismerem. Ő aztán tényleg kimért és szigorú, talán velem még jobban, mint másokkal. Még sosem láttam nevetni. Illetve csak gyerekkoromban, utoljára… Talán, nagyon ritkán elmosolyodik, de azt is csak egy pillanatra, nehogy valaki azt gondolja, hogy még kedvesség is van benne, esetleg még szeretni is tudna, ha akarna. Persze, engem biztosan szeret a maga módján, mivel az egyszem hozzátartozója vagyok.

Alfrédnak lassan visszatértek emlékei a gyermekkoráról.

A szüleim meghaltak egy autóbalesetben, még akkor amikor én ötéves voltam. Abban az időben a nagymamával töltöttem a nyarat. Kevésbé emlékszem arra, hogy pontosan mi történt. Arra viszont jól emlékszem, hogy a nagymama akkor még sokat nevetett és kedves volt hozzám. Folyton megölelt, és nagy puszikat nyomott az arcomra és homlokomra. A szüleim halála óta megváltozott. Tudom, hogy most is szeret, csak a felelősség, a teher, hogy minden a lehető legjobban menjen. A két gazdaság irányítása – az övé és a szüleimé – az ő felelőssége lett, ahelyett, hogy átadhatta volna a fiának, és ő élhette volna az idősek gondtalan életét. Váratlanul megváltozott minden. A felelősség nagyobb lett, és persze egy ötéves gyerek neveltetése is az ő feladata lett. Én nagyon hálás vagyok neki azért, mert nem is akart arról hallani, hogy engem nevelőintézetbe küldjön. Magántanárokat hívott a birtokra, hogy tanítsanak, és kialakított egy nagyobb helyiséget arra, hogy az elitosztály gyerekeit is velem együtt taníthassák a jobbnál jobb tanárok. Összesen nyolcan voltunk fiúk, így nem voltam magányos. A nagymama mindig figyelmes volt a házában tanuló diákokkal, és persze nekem akart igazán jót. Minden évben kétszer-háromszor az elit diáktársaságnak csoportos kirándulásokat szervezetett. A világ mindenféle táját bejárhattam a barátaimmal. A kirándulások alkalmával nagy élményekben volt részem a gyönyörű tájakon járva. A tengerpart, a szigetek, a hajókirándulások... Amikor már kamaszok voltunk, ősszel a Svájc hegyeiben a kisebb vadászatok, és télen a síelések. Ezt nem lehet elfeledni. Persze lányok nem lehettek a társaságban, nagy sajnálatunkra. Pedig milyen jó móka lett volna ugratni a lányokat valamilyen poénnal. Nagymama ezt még a legelején kikötötte.

„Lányokról szó sem lehet ebben a társaságban! Elvonja a figyelmeteket a tanulásról!"

A szigorú neveltetés igencsak megvolt. Másképp nem is lehetett volna. Meglett az igazán jó eredménye: mindenkiből gazdag és befolyásos üzletember lett. A fiúkkal a mai napig jó barátságban vagyok. Igaz, van közöttünk, aki külföldre költözött és ott alapított családot. Ha jól belegondolok, már mindenkinek van családja, csak én nem találtam még meg az igazit. Nem tudok mit kezdeni ezzel a helyzettel. Hiába mondja nagymama, s unszol állandóan ezzel: „Nősülj már meg! Dédunokákat szeretnék! Végre levennéd a terhet a vállamról. Elég volt a felügyeletből és az aggódásból!"

Már többször is próbáltam megbeszélni vele, hogy felnőtt férfi vagyok, nem kell már értem aggódnia, és felügyelnie azt, hogy mit hogyan csinálok. A birtok irányítása igazán jól megy. Nagyon sok jó és nyereséges üzletet kötök, és még egyszer sem vallottam kudarcot. De most, a legutóbbi beszélgetésünkkor a nagymama komolyan gondolta, amit mondott, jól rám is ijesztett: addig nem adja át nekem az összes birtok felügyeletét, amíg meg nem nősülök. Ráadásul még időhöz is kötötte a teljesítést. Kaptam 2 évet arra, hogy megtaláljam a hozzám illő nőt feleségnek. Ezt éppen a tavaszi fesztivál előtt jelentette ki, olyan hévvel, hogy már azt hittem, hogy rosszul lesz.

Próbáltam megnyugtatni. Ígéretet tettem, hogy mindent megteszek, és másfél éven belül megházasodom. Nem kell többet várnia. Ettől megnyugodott kissé, hiszen a nagymama is tudja jól, hogy amit én megígérek, azt meg is tartom. Ez az én becsületem. Nagymama ezt is jól megtanította nekem. Nagyon szeretem a nagymamát, minden szigorúsága ellenére.

Ahogy Maggie házához tartott, Maggie unokahúgára gondolt, elmosolyodott, és újra boldogság öntötte el a szívét.

Talán nagymamának még az egy évet sem kell megvárnia.

Ezekkel a gondolatokkal fordult be Maggie háza felé. Maggie-t kint találta a teraszon ülve, rejtvényt fejtett, majd ahogyan felismerte a kocsiból kiszálló és egyre közeledő férfit, felállt. Meglepetten nézett rá.

– Jó napot, Maggie. Szeretnék pár szót váltani magával, ha nem veszi tolakodásnak.

Maggie mindig is tudta, hogy Alfréd úr szigorú, de nagyon tisztelettudó. Behívta a nappaliba, és hellyel kínálta.

– Hozok valami frissítőt, ha nem bánja.

Alfréd bólintott.

– Szívesen elfogadom – mondta, de nem ült le, mert ami eléje tárult a nappaliban, teljesen elbűvölte. Csodálattal nézett körbe, és szemlélte végig a nappali ablakán beáramló fényt, amely elárasztotta a nappali nagy részét. Továbbsiklott a tekintete a falakon lévő terméskőre és bútorokra. El is felejtett leülni, mire Maggie visszatért a tálcán lévő frissítő itallal és egy tányér aprósüteménnyel. Ekkor végre helyet foglalt, és kérdőn nézett Maggie-re.

– Hogyan lehetséges ez? – A fényjátékra mutatott.

Maggie elmondta neki, hogy a volt férje, Henrik ötlete alapján lett így kialakítva az egész ház. Alfrédnak eszébe jutott, hogy már sokat hallott erről a Henrikről, aki neves építész lett. Rögtön arra gondolt, hogy mielőbb szakít arra időt, hogy felkeresse hasonló ötlet megoldására a saját házában. Majd Maggie-hez fordult, hogy elmondja neki a jövetele okát.

– Bizonyára meglepődött, hogy bejelentés nélkül eljöttem magához. Kérem, hogy ne nehezteljen rám ezért.

Maggie elhárító mozdulatot tett. Most már kíváncsi lett, hogy mit is akarhat Alfréd úr megbeszélni vele. A kancsóból töltött neki inni, majd odanyújtotta a poharat és süteménnyel kínálta. Alfréd elfogadta, és örömmel nyugtázta Maggie figyelmességét. Amint ivott a frissítőből, Anna limonádéja jutott az eszébe. *Ugyanaz az ízvilág. Hogyan lehetséges ez?* De nem tudott ezen tovább gondolkodni, csak annyit jegyzett meg:

– Nagyon frissítő, köszönöm, Maggie. Rá is térek jövetelem céljára. A tavaszi fesztiválon volt szerencsém megismerni az unokahúgát. Arra szeretném megkérni, hogy mondja el nekem, hol és hogyan tudnék találkozni vele. Szeretném őt jobban megismerni. – Ahogy ezt kimondta, még jobban kalapált a szíve, mint idefelé jövet, a kocsiban érezte. Attól is félt, hogy esetleg itt van a házban, és attól is félt, hogy esetleg már nem tartózkodik itt. Feszülten várta Maggie válaszát.

Maggie gondolataiban már megfogalmazódott az, hogy Alfréd úr csakis Carol miatt kereshette fel. Nem is csodálkozott már annyira, mikor ezt ki is mondta a férfi. Most mit is mondjon, hogy ne legyen sértő, de bizalmas sem?

– Tisztelt Alfréd úr! – kezdte Maggie egy kicsit lassan, elgondolkozva. – Sajnálattal kell közölnöm önnel, hogy az unkahúgom, akit Carolnak hívnak, visszautazott az Államokba. Az ottani elfoglaltsága halaszthatatlan lett. Nem tudom azt sem megmondani, hogy mikor fog újra meglátogatni. Én is nagyon sajnálom, hogy csak ilyen kevés időt töltött velem. Nagyon hiányzik nekem.

Azt Alfréd úr is látta, hogy Maggie tényleg szomorú amiatt, hogy az unokahúga elment. Na és mit szóljon ő? Teljesen szíven ütötte, ahogy Maggie kimondta ezeket a szavakat. Hirtelen egy fájdalmas nyomást érzett a mellkasában, ami nem is akart elmúlni. Oda is kapott a kezével, hogy egy kicsit megnyugtassa magát, majd vett egy nagy levegőt és lassan kifújta. Nem is tudott megszólalni. Maggie megijedt; figyelmét nem kerülte el ez a mozdulat. Nem is gondolta azt, hogy Alfréd urat ez ennyire mélyen érinti. Szinte már kezdte megsajnálni.

Elképzelhető, hogy valamit mégiscsak érez Carol iránt? Az alatt a kis idő alatt, amit együtt táncolt Carollal, beleszeretett volna? Lehetséges ez?

Maggie-nek egyre gyorsabban váltakoztak a gondolatok és a kérdések a fejében, hogyan is lehetne most a lehető legjobban cselekednie, és elmondani a dolgokat úgy, hogy senkinek ne ártson vele. *El kellene neki mondanom az igazat? De azt nem lehet! Hiszen Carol most ott dolgozik a birtokán, mint harmadrendű munkása. Mit fog erre reagálni? Bizonyára fel sem fogja vállalni az érzéseit, ha ezt megtudja. Talán Carol helyzete még rosszabbra fordulna... Nem, nem. Ezt nem tehetem. Carol pedig még meg sem tudja védeni magát. Tehet-e ő arról, hogy most ilyen helyzetben van? Biztos vagyok abban, hogy Carol egy jómódú családból származik. A megjelenése, az egész lénye, a tulajdonságai, a beszéde... mind erre utal. Na és a tehetsége? Rábízom a Jóistenre. Ha Ő is úgy akarja, akkor úgyis öszszetalálkoznak, és minden jóra fordul. Igen, ezért fogok imádkozni, és azért, hogy Carol végre visszanyerje az emlékezetét.*

Alfréd lassan összeszedte magát a mély döbbenetből. Erre nem számított, hogy ilyen messze él tőle. Megitta a frissítő limonádét. Jobban is lett. Felállt, és illedelmesen megköszönte Maggie vendéglátását és az információkat Carolról.

Legalább a keresztnevét már tudom – gondolta. Kissé meghajolva mondta Maggie-nek:

– Ne haragudjon, amiért feltartottam. – Mély fájdalom volt a szemében. Próbálta tartani magát, miközben elköszönt. Beült a kocsijába, és lassan elindult Frank farmja felé. Frankhez hamar odaért. A férfi elébe sietett, amint meglátta a kocsit közeledni. Alfréd még mindig a gondolataiba mélyedve szállt ki a kocsiból. Frank rögtön észrevette, hogy Alfréd úr nem teljesen úgy viselkedik, ahogy szokott. Először nem is tudta, mire vélje.

Kérdezzem meg, hogy mi történt? Megkérdezem, és akkor mi van? Amúgy is a fiam lehetne...

– Jó napot! – köszöntötte. – Hogy van? Úgy látom, hogy most mintha egy kicsit nyomasztaná valami.

Frank meglepetésére Alfréd el is kezdte mondani, hogy mi nyomja a lelkét. Frank hellyel kínálta a ház teraszán, mert úgy érezte, hogy most bizalmasan fog vele beszélni. Nem az a kimért Alfréd úr jelent meg nála, aki szokott. Nem is tévedett.

Alfréd úgy érezte, hogy mindent el kell, hogy mondjon valakinek, aki megértően fogadja elbeszélését, és éppen kapóra jött neki Frank. Hiszen ő megbízható, és nem fog erről pletykálni senkinek. Így hát elbeszélte történetét, és érzéseit Carol iránt, majd megkérdezte:

– Mit gondol, Frank? Én most mit tehetnék?

Frank sem lepődött meg annyira ezen, ahogy Maggie sem. A tavaszi fesztiválon már észrevették, hogy valami elkezdődött kettejük között. Csak éppen a körülmények – vagy inkább a jelenlegi helyzet – nem a legmegfelelőbbek. Mindenképp várni kell egy kicsit, amíg Carolnak visszatérnek az emlékei. Aztán majd elválik, hogyan tovább. Addig is mit mondjon Alfréd úrnak, hogy egy kicsit megnyugtassa? Ez most egy nehéz helyzet. Aztán eszébe jutott valami.

– Nézze, Alfréd úr. Én úgy gondolom, hogy nem véletlen az, hogy maguk ketten összetalálkoztak. Ha a Jóisten is úgy akarja, akkor Carol és maga újra találkozni fognak. Kérem, hogy ebben legyen bizodalma!

Frank ezt olyan őszintén és szívből mondta, hogy Alfrédnak nem is volt kétsége, hogy valóban így is lesz. Most már sokkal jobban érezte magát, és arra gondolt, hogy úgy fog erre a helyzetre tekinteni, hogy hamarosan újra találkozik Carollal. Ez a reményteli érzés lesz benne, és akkor ez teljesülni is fog. Hálásan köszönte Frank biztató, egyben megnyugtató szavát.

– Nagyon köszönöm a kedvességét, Frank. Most már rátérhetünk az üzletre is, amiért jöttem.

Hamar megegyeztek a csikó eladási szerződésével kapcsolatban. Abban is megegyeztek, hogy Alfréd mikor viheti el a csikót a birtokára. Elköszönt Franktől, és örömteli érzésekkel indult vissza a birtokra.

Minden úgy lesz, ahogyan lennie kell!

Most már az az érzés fogta el, mintha Carol itt lenne valahol a közelében, és bármikor felbukkanhatna. Nagyszerű érzéseket érzett. Nem fog arra gondolni, hogy milyen messze van tőle, az

Államokban. Egyszerűen nem vesz erről tudomást! Figyelni fog mindennap! Lehet, hogy egyszer csak itt áll majd előtte! Abban biztos volt, hogy Carol is hasonlóképpen érez, hiszen tánc közben, a forgásokban szinte összeforrtak, szinte megszűnt körülöttük a világ. Látta ezt a lány szemében is. Sajnálta azt, hogy nem beszélgetett vele az este folyamán, de a tánc annyira magával ragadó volt, hogy nem érezte a beszéd szükségét.

Kellett volna! Most többet tudnék róla. Ki kellett volna faggatnom, akkor most nem lennék ilyen helyzetben! Sajnos az arcát éppen csak láthattam egy rövid időre. Ahogy Maggie-ék elindultak hazafelé a teremből és a házból, próbáltam a tömegben utánuk menni, de ez nem volt egyszerű, mert folyton leszólított valaki. Nagy nehezen kiértem a házból, és mielőtt a kocsiba beült volna a lány, levette az álarcát. A sötétben az arcát csak homályosan láthattam, így aztán elég nehéz lesz beazonosítanom, ha mégis meglátom. Szép arca van, az biztos – mosolyodott el Alfréd. *Nem baj. Tudom és érzem, hogy látni fogom újra!*

Most már boldogan tartott hazafelé.

Tévedések, és egy újabb remény

Amikor Alfréd elhagyta Frank kocsibejáróját, Frank szintén a kocsijába pattant és rögvest elindult Maggie-hez, hogy megbeszélje vele a fejleményeket. Maggie megérezte, hogy Frank átjön, már a teraszon várta.

– Végre, hogy megjöttél! – mondta neki.

Hosszasan beszéltek arról, hogy melyikükre milyen benyomást tett Alfréd úr viselkedése. Mindketten arra a megállapításra jutottak, hogy Carol és Alfréd úr egészen jó párost alkotnának, ha tényleg egymásba szerettek. Azon kezdtek el gondolkodni, hogyan tudnának Carolnak abban segíteni, hogy minél hamarabb visszanyerje az emlékezetét. Maggie megkérdezte Franktől:

– Találtak-e a barátaid valamilyen nyomot Carol eltűnéséről?

Frank nemmel felelt.

– Nem tudom, hogyan lehetséges az, hogy semmilyen hír nincs Carol eltűnéséről. Nem hiszem el, hogy nem kereste senki! Egyszerűen nem tudom megérteni! Valami nagyon zavar. Szerintem ebben a dologban annak a férfinak van benne a keze, aki otthagyta őt. Biztos vagyok benne. De sajnos egyáltalán nem tudjuk kideríteni, ki lehetett ez a férfi. Senki nem hallott semmit. Sem balesetről, sem pedig idegen férfi feltűnéséről a városban. Az is nagyon furcsa, hogy mikor pár nappal később visszamentem a helyszínre, semmi nyoma nem volt a balesetnek. Az a férfi mindent eltüntetett. Jól kitervelte... De azt gondolom, arra ő sem számított, hogy Carol teljesen eltűnik. Gondold csak el, Maggie! Ha a férfi kitervelte mindezt, megvolt a baleset. Elment a helyszínről, és közben valakivel beszélt telefonon a történtekről – legalábbis valószínű, hogy ez történt. Tehát nem egyedül csinálta ezt. Oké, eddig megvagyunk. Közben te rátaláltál a nőre, és mi elhoztuk. Míg én visszamentem a táskájáért, előttem a férfi is visszamehetett, és nem találta a nőt sehol, de a táskáját elvitte. Elképzelhető az is, hogy kapóra jött neki a nő eltűnése, mert így csak a táskáját kellett eltüntetni – és persze a kocsit, mintha ő nem is lett volna a nő mellett a baleset során. Tehát ő nagyon is tiszta a nő eltűnésével, hiszen nem volt vele, nem tud semmiről... Valami ilyesmi lehet. Persze az is lehet, hogy nekem túl élénk a fantáziám.

Frank így próbálta levezetni a történteket, de sajnos sokkal többre nem jutott még így sem.

– Nem tudom, Maggie, hogyan tovább. Mit tehetnénk mi? Nagyon szeretnék Carolnak segíteni. Nem élhet ilyen körülmények között! Szerinted ezt a munkát kellene neki csinálnia? Biztos, hogy nem!

Frank felállt, és úgy folytatta tovább.

– Érzem azt, hogy ő sokkal többre hivatott, és biztosan érzem azt is, hogy ő egy nagy tehetség!

Frank elkezdett nagyon gondolkodni. Mi az, ami eddig elkerülte a figyelmét, és nem jó úton kezdett kutatni?

– Mit gondoltam rosszul?

Aztán egyszer csak bevillant neki valami.

– Most jutott az eszembe. Lehetséges az, hogy eddig rossz helyen keresgéltem!

– Mégis mire gondolsz, Frank?

Maggie látta, hogy Franknek valami nagy ötlete támadt.

– Mondd már! – sürgette.

– Nem jól közelítettük meg a baleset körülményét!

Újra leült Maggie-vel szemben, és élénken elkezdett magyarázni.

– Eddig csak arra gondoltunk, hogy a férfi mit csinált és mit nem csinált. De hát itt van Carol! Carol felől nem is gondolkodtunk. Carol miért ülhetett a kocsiban ezzel a férfival? Miért volt olyan szépen felöltözve, mint aki egy üzleti megbeszélésre megy, vagy valami hasonló? Nem így gondolod, Maggie?

– De igen. Én is észrevettem az első ránézésre, hogy nagyon elegánsan öltözött volt Carol. Nekem is úgy tűnt, mintha valami fogadásra vagy hasonlóra lett volna hivatalos. De mit akarsz ebből kihozni

– Igaz, te is így látod. Jól van. Tehát az jutott eszembe, hogy nem csak a megjelenése, a beszéde, a kedvessége árulkodik arról, hogy jómódú, tisztelettudó és művelt, hanem a tehetsége is megmutatta azt, hogy nagyon is valószínű, miszerint Carol valamilyen festőművész. Ez biztosan így van. Itt vannak nálad a bizonyítékok erre. Tehát a művészek körében kell keresnünk! Van-e a művészek között eltűnt személy? Ebben az irányban fogok keresni és kutatni. Így legalább szűkül a kör a keresési lehetőség körül.

Maggie egyetértően bólogatott.

– Mekkora ötlet! Hogy ez eddig nem jutott az eszünkbe! Nagyszerű vagy, Frank!

Frank tovább gondolkodott.

– Holnap meg is kezdem a kutatást. Meglátod, megtaláljuk a választ.

Frank és Maggie még egy ideig erről beszélgettek, aztán Frank el köszönt. Maggie végre bizakodóbb lett.

Mary – Néhány évvel korábban, és napjainkban...

Mary olyan dühösen ment ki a konyhából, hogy a mögötte becsapódó ajtó ugyancsak a kedélyállapotát jelezte.

– Biztos, hogy mindjárt felrobbanok! Még hogy én vagyok az önző?!

Mary a házuk kertjében, a fák között kiáltotta ezt, jó hangosan. Közben fel-alá járkált, olyan dühös volt. Azt sem bánta, ha az anyukája is meghallja. Legalább megtudja, hogy most már tényleg elege van abból, ami itthon vele történik, és egyáltalán, az egész élete... Ezt nem bírja tovább elviselni!

A testvérei hangos zsibongása még ide is kihallatszott, de nem a testvéreivel volt baja, hanem a saját életével.

– Szerintem ez igazságtalan! Elég volt! Nem maradok itt!

Be is ment az anyukájához a házba, és ott folytatta tovább. Közben a négy kisebb testvére körülötte hangosan rohangált.

– Anya, anya, figyelsz rám? – kérdezte hangosabban, hogy túlkiabálja a testvéreit, akik körülötte szaladgáltak. Az anyukája, aki a tűzhely előtt sürgött-forgott és az ebédet készítette, tudta jól, hogy most éppen mi zajlik a kamaszodó lányában. *Majd csak elmúlik, benő a feje lágya, és felhagy ezzel az „elmegyek" szöveggel* – gondolta. Így aztán nem is nagyon foglakozott azzal, hogy a lánya ennyire ingerülten szól hozzá.

Mi a baj? – kérdezte tőle nyugodtan, de nem fordult meg, hogy a szemébe nézzen, hiszen ezt a témát már ezerszer megbeszélte vele, de Mary egyszerűen nem tágított.

– Már megbeszéltük. Vagy most valami mást szeretnél?

Nem haragudott Maryre. Tudta jól, hogy az nem használ, ha ő is elkezd vele kiabálni. Inkább csendesen folytatta tovább, de most már feléje fordult.

– Nézd, Mary... – Közben a hangosan rohangáló gyerekeket kitessékelte a konyhából.

– Mindenki menjen ki játszani! A konyha nem játszótér!

Az utolsó mondatot a gyerekek is kórusban kiáltották, és nevetve rohantak ki az udvarra.

– Akkor most ülj le, és mondd el, mi a bajod. Nyugodj meg. Szóval, figyelek rád.

Csendesen és szépen beszélt vele, ezért Mary is higgadtan kezdte el a mondanivalóját.

– Anya! Ez így nem mehet tovább! Már annyiszor elmondtam neked. Légy szíves segíts nekem! Mindig besegítek neked a házimunkába, a testvéreimet segítem, amiben tudom, de el akarok menni itthonról. Nincs pénzem. A barátnőim folyton új ruhákat vesznek, táskákat, mindenféle arcfestéket és parfümöket. Nekem pedig semmim nincs. Nem tudok elmenni egy moziba, mert egy szép ruhát nem tudok felvenni. Anya! Én nem akarok így élni! El akarok menni! Dolgozni akarok, pénzt keresni. Hamarosan betöltöm a 18. életévemet. Engedd meg, hogy elmenjek itthonról! Keresek egy jó munkahelyet, és küldök neked is pénzt. Anya, kérlek! Hadd menjek! Legalább neked is könnyebb lesz.

Mary könyörgőn nézett az anyjára. Vajon most már el fogja engedni? Hirtelen támadt egy ötlete, hogyan kezdhetné el az életét.

– Az jutott az eszembe, hogy Maggie nénihez is elmehetnék pár napra. Onnan közelebb van a város, és biztosan találok valami munkát a közelben. Maggie néni mindig olyan kedves volt hozzám, bizonyára segíteni fog, hogy elinduljak valamerre munkát keresni. Neked sem kell aggódnod miattam, mert nem leszek egyedül. Mit gondolsz?

Maryt teljesen felvillanyozta ez az új ötlet, és most már nem is látta kilátástalannak a helyzetét. Sőt, inkább nagyon is biztatónak.

– Hogy ez eddig nem jutott az eszembe! Anya, ez nagyon jó ötlet!

Az anyukája is elgondolkodott ezen.

– Tényleg jó ötlet, csak nem szívesen engedlek el ilyen fiatalon.

– Anya, ne már... Tudod te is, hogy én magabiztos vagyok, dolgos, bármilyen munkát elvégzek, és hidd el, nagyon fogok vigyázni arra, hogy szégyent ne hozzak a fejedre. – Mary most már mosolygott. Úgy érezte, hogy végre meg tudja győzni az anyját. Végre a maga ura lehet. Lesz sok pénze, és arra költi, amire csak akarja. Maggie néni biztosan nem bánja, ha ott él vele, legalább egy kis ideig. Aztán úgyis tovább fog menni. Nem lesz ő senkinek a nyakán.

Az anyukája elgondolkodva nézett a lányára.

– Végül is lehet, hogy ezen az úton megpróbálhatod a munkakeresést. Maggie nénihez elengedlek, de nagyon figyelni fogom, hogy mit csinálsz. Maggie nénit megkérem, hogy informáljon engem.

Mary felpattant, és átölelte az anyukáját. Erre a jó hírre nem is számított ilyen gyorsan.

– Drága anyukám! Meglátod, minden sokkal jobb lesz, és neked is segíteni fogok, küldök pénzt. Neked és a testvéreimnek is könnyebb lesz. Mehetek csomagolni? – kérdezte nagy izgalommal.

– Várj! – mosolygott rá az anyukája. – Először is írok egy levelet Maggie néninek, hogy tud-e segíteni neked.

– Ó, anyukám, Maggie néni biztosan segít, ebben nem is kételkedem. Nagyon, de nagyon köszönöm, anyukám.

Boldogan, szinte táncolva kiment a konyhából.

Az anyukája elgondolkodva nézett utána.

Nem neheztelhetek rá. El kell, hogy engedjem – gondolta. Amióta a férjem meghalt, minden támaszom a nagyobbik lányom, Mary lett. Tényleg megbízhatóan mindenben a segítségemre van. Sokszor olyan feladatokat is megcsinál, amit a korabeli lányok még nem. A testvéreit segíti mindenben, mint egy anya. Nem jár el a barátnőivel, mert folyton itthon van. Mos, főz, takarít és figyel a kicsikre. Lehet, hogy igaza van, és nekem is könnyebb lesz, ha segíteni tud egy kisebb összeggel. Hát jó, legyen. Küldök egy levelet Maggie-nek.

Maggie az ő nővére volt. Tudta jól, hogy tényleg lehet rá számítani, bármilyen gondja akadt. Csak azt nem szerette, hogy olyan nagyon távol vannak egymástól. Néha meglátogatja őket Maggie, ellátja őket gyógynövényes krémekkel és teával, és a gyerekeknek is hoz sokféle finomságot. Mindig a nagy autóval, Frank barátjával érkezik látogatóba. A gyerekek is jól ismerik Franket, és nagyon megkedvelték az évek alatt. Maggie sokszor beszélt vele arról, hogy még nagyon fiatal és újra férjhez mehet, és nem kellene egyedül nevelni öt kisgyermeket. Könnyebb lehetne az élete. De ő nem is akart erről hallani. Még hogy még egyszer legyen egy férje? Azt, nem! Nincs még egy olyan férfi, mint amilyen az ő párja volt. Senki nem tudná őt helyettesíteni. Jól megvan ő így is. A gyerekek felnőnek szépen, lassan, és nem is olyan rosszak. Lehet velük bírni egyedül is. Igaz, hogy Mary nagy segítség, de ő majd elboldogul akkor is, ha Mary elmegy itthonról és már kevesebbet fogja látni. Hiányozni fog, az már biztos.

Maggie nénitől nagyon hamar megjött a válasz, és csupa jó hír: Mary mehetett bármikor Maggie-hez. Így aztán Frank és Maggie érte jöttek a nagy autóval, Mary pedig nagyon boldog volt, hogy végre elindulhatott otthonról. Elköszönt az anyukájától és a testvéreitől. Az autóban rengeteg kérdést tett fel Maggie-éknek a városról, az ottani lehetőségről és életről. Maggie-nek nagyon hálás volt, hogy ott élhetett vele. Amiben tudott, segített neki, de nem akart túl sokáig nála időzni. Munkát akart, minél hamarabb. Frank pedig pár hét után talált is neki a nagybirtokon.

A nagybirtokon, mint szobalányt alkalmazta az intéző. Mary nagyon boldog volt. A fizetés, amit kapott a munkáért, elég volt arra, hogy hazavigyen belőle, és még maradjon neki is. Azért ennél többre vágyott. Talán a birtokon megismert gazdag emberek élete miatt, úgy érezte, hogy neki is kijárna a jobb élet. A birtokon hihetetlen volt számára a nagyvilági élet, a nagy mozgás és a változatosság. A sok vendégfogadás és ünnepség, a zene és tánc, a fényűző életmód teljesen lenyűgözte. Sokszor elnézte a szobája ablakából a gazdag embereket, akik a fogadásokra jöttek, szebbnél szebb ruhákban és jobbnál jobb autókból szálltak ki. A férfiak előzékenyek és udvariasak voltak a gyönyörű ruhákban lépdelő nőkkel. Ámulattal figyelhette meg őket. Arra is gondolt, hogy találhatna magának egy jóképű és gazdag fiatal férfit. Hiszen ő nem olyan csúnya, lehetséges az is, hogy megtetszik valamelyik úrfinak, amikor felszolgálja az ételt és italokat.

Az lenne ám az igazi! Milyen gazdag élete lehetne! Nem kellene többé szűkösen élni.

Sokat álmodozott erről, de a valóságban ez másként történt. Ha lehetősége adódott, minden hónapban hazalátogatott anyukájához és a testvéreihez. Ahogy a pénze engedte, a készpénzen kívül is vitt ajándékokat. Ilyenkor a testvérei körülugrálták örömükben. Az anyukáját is boldognak látta.

Csak ez a fránya pénzhiány ne lenne... Még többet kellene hazavinnem, hogy elég legyen mindenkinek – gondolta Mary. *De mit csináljak? Eddig nem is volt alkalmam arra, hogy a sok vendég közül, akik megfordulnak a birtokon, találhattam volna valakit, aki legalább egy kicsit is helyes és jó kiállású férfi. Valamint pénze is van, esetleg nem is kevés. Egy ehhez hasonló férfit igazán elfogadnék. Valahogy azt is megoldanám, hogy találkozzak vele és megismerhessük egymást. Jobban tudnám segíteni a családomat. A pénz is jó helyre kerülne. Nekem pedig lenne egy szép életem a sok gürcölés helyett.*

Mígnem egyik délelőtt csengettek a nagy ház bejáratánál. Mary már a harmadik csengetést hallotta a fenti, emeleti szobában, amelyet éppen takarított, de arra gondolt, hogy az ajtónyitogatás és a vendégek fogadása nem az ő feladata.

Még egy csengetés.

Hát ez nem lehet igaz.

Gondolta, hogy most már abbahagyja a szoba rendbe tételét és utánajár annak, hogy a komornyik miért nem nyit ajtót és miért nem fogadja a vendéget. Lement a lépcsőn a nappalin keresztül, de a komornyikot nem látta sehol. Végignézett a ruháján, vajon megfelelő-e a kinézete a vendég fogadásához. Amint a nagy bejárati ajtóhoz ért... Még egy csengetés? Ráadásul még türelmetlen is a kedves vendég.

Ha a komornyik azt gondolja, hogy most éppen én ráérek erre, hát nagyon téved!

Nagy lendülettel kinyitotta a bejárati ajtót. A férfi, aki a bejáratnál állt, éppen a karját emelte fel, hogy még egyszer csengessen. Örömmel nyugtázta a kinyíló ajtót, és az ott álló, igencsak csinos szobalányt.

– Nahát... – Kissé meglepődve nézte meg Maryt. Köszönés nélkül elkezdett vele viccelődni.

– Ha én ezt tudom, hogy itt egy ilyen csodálatos leány nyit ajtót, akkor sürgetőbben csengettem volna! – Közben végignézett Maryn, és nem rejtette el az elégedett mosolyát. Mary kissé sértődötten fogadta a vendég kedveskedését. Amúgy sem volt jó hangulatban. Nem is értette, hogy ezt most viccnek, vagy inkább bóknak szánta a férfi. Közölte is vele.

– Az ajtónyitás és a vendégfogadás nem az én feladatkörömbe tartozik, erre van a komornyik.

Csak ezután köszöntötte:

– Amúgy, jó napot kívánok! – mondta neki kimérten, aztán sértődötten bevezette a ház előcsarnokába, és megkérte:

– Itt várakozzon! Mondja meg, hogy kit jelenthetek be Alfréd úrnak.

– Péter Bendrik a nevem. Kérem, mondja meg Alfréd úrnak, hogy tegnap beszéltem meg vele telefonon egy találkozót a mai napra. – A karórájára nézett. – Úgy látom, hogy pontos vagyok. – Majd a még mindig sértődött lányra nézett mosolyogva.

Mary teljesen kiakadt ettől a férfitól.

Mégis mit képzel ez magáról, hogy csak úgy méreget?

Megfordult, és Alfréd úr dolgozószobájához indult. Bekopogott és megvárta, míg választ kap. Benyitott, és elnézést kérve közölte, hogy a sok csengetésre ő nyitott ajtót, és elmondta a vendég nevét. Alfréd úr megköszönte, felállt az íróasztaltól és elindult az előcsarnokba, hogy találkozzon a vendégével. Mary döbbenten nézett utána.

Érdekes. Nem is akadt ki attól, hogy nem a komornyik nyitott ajtót, hanem én. Hah... Vállat vont. Most már mindegy, majd jól megmondja a magáét a komornyiknak, csak találkozzon vele. Az ő dolgát ki fogja megcsinálni időre? Visszament a szobába, hogy befejezze a munkáját. Amikor ezzel végzett, a ház hátsó ajtaján kivitte a frissen mosott ágyneműket kiteregetni. Ahogy készen lett, egyszer csak megszólalt a háta mögött a már ismert férfihang.

– Hogy van? Nem haragszik már rám? – kérdezte tőle a Peter nevezetű vendég. Mary megijedt, mert nem számított arra, hogy itt bárkivel is találkozhatna a személyzeten kívül.

Hogy került ez ide? – kérdezte magától. Megfordult, és kimérten közölte vele:

– Már megbocsásson, kedves uram, de bizonyára nem tudja, hogy a birtok egyes területein nem mászkálhat csak úgy, ahogyan a kedve tartja. Kérem, ezt vegye figyelembe, és ha nincs itt dolga, akkor nyugodtan menjen el. – Közben Mary a kezével a kijárati út felé intett. Peter ezen jót mulatott. Nagyon tetszett neki ez a lány.

Már ezért érdemes volt idejönnöm – gondolta. *Hát, akkor még jobban felbosszantom. Úgy látom, hogy morcosan még szebb.* Kicsit meghajolt, és úgy mondta:

– Elnézést kérek, szép hölgy. Nagyon eltévedtem, mert egy szép szempár eltérített utamon.

Mary most már tényleg kezdett dühös lenni, hogy ez a férfi a bolondját járatja vele. Csípőre tette a kezét és már csípősen akart válaszolni, de a férfi megelőzte azzal, hogy olyan közel lépett hozzá, hogy Mary nem tudott hirtelen meglepetésében és zavarában megszólalni.

Mit akarhat ez tőlem? – futott végig a gondolatain, és megpróbált hátrálni, mire a férfi megfogta egyik kezével a lány karját, és a másik kezével átfogta a derekát, és kissé magához húzta, nehogy Mary elbotoljon a háta mögött lévő ruháskosárban.

– Látja, ha nem vagyok itt, magácska balesetet szenved – suttogta Marynek, és most már nagyon közel volt az arcuk egymáshoz. Jól belenézett a lány szemébe, de már nem volt kedve a viccelődéshez, mert ő is meglepődött a lány közelsége miatti szívdobogásán. Megköszörülte a torkát, majd a lány karját és derekát lassan elengedve megszólalt.

– Khm… Szóval, én csak azt szerettem volna megtudni, hogy haragszik-e még rám?

Hirtelen támadt egy ötlete, hogyan tudna megismerkedni ezzel a lánnyal.

– Bocsánatom jeléül megkérem arra, hogy ebédeljen velem a városban. Tudja, én nem ismerem ezt a várost. Esetleg a segítségemre lehetne, ha ezzel nem sértem meg.

Mary az ijedtség után magához tért, és azt vette észre, hogy a férfi most már nem akarja bosszantani, hanem őszintén közli az ebédmeghívást. Talán elmehetne vele. Talán nem annyira idegen, hiszen Alfréd úrnak bizonyára jó ismerőse lehet. Talán nem lenne olyan nagy baj, ha ő is kimozdulna innen egy kicsit, és amúgy sem lesz sokáig távol. A munkája pedig készen van. Nem hiányozna senkinek. Kicsit tétován, de beleegyezett abba, hogy vele ebédeljen a város egyik éttermében.

– Tud-e várni rám pár percet? – kérdezte tőle. – Szeretnék átöltözni.

A férfi boldogan vette tudomásul, hogy ezzel igenlő választ kapott. Nagy örömmel bólogatott. – Megvárom a ház előtt lévő kocsinál.

Mary egy kicsit bizonytalan volt a döntését illetően. Ahogy ment be a házba, gondolkodóba esett.

Vajon jól tettem, hogy elfogadtam az ebédmeghívását? Hiszen nem is ismerem. Érzek valami megmagyarázhatatlan vonzalmat iránta. Remélem, nem lesz vele semmi gondom! Ah... hagyjuk ezeket a félelmeket! Amióta itt vagyok, még csak pár alkalmam volt arra, hogy kimozduljak a városba. Most találkozom először egy helyes férfival. Miért ne fogadnám el a kedves meghívását? Különben is, ha jól értettem, azért hívott meg, mert ezzel akar bocsánatot kérni azért, mert szemtelen volt velem. Akkor lássuk azt az ebédet! Azért is jól fogom érezni magam, és kész!

Határozottan lépett be a szobájába, és keresett valami szép, de nem túl feltűnő ruhát és cipőt. Kibontotta a haját, és megfésülte. Egy leheletnyi smink, parfüm, és már kész is volt. A tükörben még egyszer megnézte magát, és elégedett volt.

Jól van. Ez így jó lesz.

Kifelé menet benyitott a konyhába, hogy szóljon Annának, ő most elmegy, ne keresse senki. De a konyhában nem találta Annát.

Mély levegőt vett és kiment a ház elé, ahol a férfi egy nagyon szép sportkocsi mellett várakozott. Marynek leesett az álla. Erre nem számított.

Amint a férfi észrevette a közeledő lányt, újfent végigmérte.

Nem tévedtem, tényleg csinos ez a lány. Eltöltöm vele az ebédet, és egy kellemes délutánt. Valószínűleg ennél többet úgysem tudok neki ajánlani.

Erre gondolt, és egy kicsit sajnálta is, hogy nem lehet köztük ennél több. Mary ránézett a férfira, és jobban megnézte. *Igazán kellemes megjelenésű férfi. Talán kedvesebb is lehetnék vele. Akkor bemutatkozom.*

– Én már tudom a maga nevét, viszont az én nevemet még nem tudja. – Kezét kézfogásra nyújtotta. – Az én nevem, Mary Dark.

A férfi is bemutatkozott:

– Peter Bendrik. Nagyon örülök a találkozásnak – mondta a férfi, majd illedelmesen kinyitotta a kocsi ajtaját. Mary beült, s ámulattal nézte a kocsi belsejét is.

Hogy ez milyen szép! Ezt bizony meg tudnám szokni... Ez a Peter bizonyára gazdag is.

Mosolyogva ránézett a férfira, aki szintén mosolygott.

Ezek szerint tetszem neki – gondolta Mary.

A városba vezető úton csak keveset beszélgettek. Peter megkérdezte:

– Mióta dolgozik ezen a birtokon?

– Csak pár hónapja vagyok itt, de igazán jól érzem magam. Alfréd úr minden személyzetével korrekt, és jól fizet. Így aztán senkinek nincs panasza az itteni munkára. Szeretek itt dolgozni. Elég jól keresek, és ha elvégeztem a dolgomat, szabad vagyok. Amint látja, most el tudtam jönni magával. Én is szeretnék kérdezni, ha megengedi.

– Persze, csak nyugodtan – bólintott Peter.

– Nagyon sokféle autó megfordul a birtokon, de ilyen szép sportkocsit még nem láttam. Ha nem veszi tolakodásnak, szeretném megtudni, hogy mivel foglalkozik.

Peter egy kicsit elgondolkodott, hogy mi lenne a jó válasz erre.

– Én a képzőművészek menedzsere vagyok. Talán ez a legjobb kifejezés arra, amit csinálok.

Mary ilyet még nem hallott, ezért csodálkozva ránézett.

– Ez mégis mit jelent?

Peter megpróbálta körülírni.

– Nagyon sokféle, igazán tehetséges művészt ismerek, és nekik segítek vevőt találni az alkotásaikra. Nekem ez azért éri meg, mert nagyon nagy jutalékot kapok abból a pénzből, amit a

művészeknek keresek. Láthatja... – Közben a kocsira mutatott. –
Nem panaszkodom. Tényleg jól megy az üzlet, főleg mostanság.
Maryt teljesen meggyőzte ez a magyarázat a munkáját illetően.
Az már biztos, hogy nagyon sikeres lehet – gondolta. Lassan
beértek a város központjába.
– Van egy kis gond – mondta Mary. – Sajnos én nem ismerem olyan jól a várost.
Rámosolygott Peterre.
– Nem baj?
Peter leparkolta a kocsit a legközelebbi parkolóban, majd
kedvesen ránézett Maryre.
– Ugyan. Én nem is azért hívtam meg, hogy várost nézzek
magával, hanem azért, hogy együtt ebédeljünk, és együtt lehessek... veled. Kérlek, tegeződjünk. Egyszerűen nem bírom ezt a
magázódást. – Peter meg sem mozdult, csak belenézett Mary
szemébe, és önkéntelenül is egyre közelebb került az arcuk.
Mary hamarabb magához tért.
– Rendben, tegeződjünk – mondta halkan, és lassan elhúzódott tőle.
Ez elképesztő! – gondolta Mary. *Máris belehabarodtam? Még
csak pár óra telt el, hogy először megláttam az ajtóban, ráadásul akkor jól felbosszantott. Most meg? Ezt most nem tudom értelmezni.
Talán nem is akarom. Majd később gondolkodom rajta.*
Peter is magához tért. Elgondolkozva szállt ki a kocsiból, és
lassan ment át a másik oldalra, hogy illedelmesen kinyissa Marynek az ajtót és kisegítse a kocsiból.
Hmm, ez egy nem várt fordulat – gondolta. De a birtokon, amikor a kocsinál várta a lányt, már akkor is elmerengett azon, hogy
mi is történt vele, amikor megfogta a lány karját és derekát, és
olyan nagyon közel volt az arcuk egymáshoz. Most pedig újra ez
az érzés kerítette hatalmába. Mégis érdemes lenne megismerni
ezt a lányt közelebbről? Ilyen mély érzései nincsenek az aktuális
barátnőjével. Sőt, vele még egy hasonló érzés sem merült fel.
*A barátnőm csak tetszik, vagy inkább csak érdekből vagyok vele.
Igaz, az eljegyzés a küszöbön van. De csak azért fogom elvenni, mert
éppen illik az imázsomhoz, és fantasztikusan nagyvonalú barátai*

vannak, akik mindenképp segíteni tudják az én karrieremet. Az sem egy utolsó szempont, hogy a barátnőm egy igen modern megjelenésű, szép, gazdag, tisztességes családból származik, és egy neves, nemzetközileg is elismert művész, nagyon nagy tehetség. Minden tekintetben jó választás a számomra. Nem hagyhatom, hogy egy ilyen kis senki lány elterelje a jól kiépített jövőbeli életemet, csak azzal, hogy a közelsége megbolondítja a szívemet. Ezt nem engedhetem meg magamnak! Kizárt! Észnél kell, legyek! Egy ebéd, és kész!

Peter ezekkel a gondolatokkal tért át a kocsi másik oldalára, kinyitotta az ajtót Marynek, és segített neki kiszállni.

A sportkocsi nagyon menő, de a ki-beszállás nem olyan egyszerű – gondolta Mary. *Tényleg elkel a segítség.*

– Hová menjünk? – kérdezte Mary.

Peter körbenézett azon a helyen, ahol leparkolt, és úgy gondolta, hogy a közeli parkba hívja sétálni a lányt az ebéd előtt. Ha úgy alakul, akkor még a délutánt is együtt tölthetik.

– Szerintem sétáljunk egyet a parkban. – Közben az órájára nézett. – Van még idő délig.

Mary is jó ötletnek tartotta, hiszen így még jobban megismerhette Petert.

A parkban sétáltak egy darabig, majd leültek egy padra. Peter kezdett el beszélni, mert látta, hogy Mary egy kicsit zavarban lehet. Rámosolygott.

– Talán nem veszed tolakodásnak, ha megkérdezem, hogy hol élnek a szüleid, mivel foglalkoznak, és vannak-e testvéreid? Persze beszélgethetünk másról is.

Mary nem bánta, ha már most megtudja Peter azt, hogy milyen az élete. Nem akart másnak látszani, mint amit később is megtud neki mutatni, vagy beszélni tud róla. Legalább nem érik meglepetések. Hazudni semmiképpen nem akart. Úgy gondolta, hogy most megismerheti olyannak, amilyen, aztán eldöntheti, hogy kell-e neki úgy, ahogyan van. Ezért nagy vonalakban elmondta neki az életét és a körülményeit. Anyukáját és testvéreit, az itteni munkáját és csekély baráti körét. Tartott attól, hogy ez elég kevés lesz ennek a férfinak ahhoz, hogy őt valamennyire is komolyan vegye, vagy hosszabb távra is meg akarja majd ismerni.

Ezért nem is számított arra, hogy a férfi a mai naptól többször is szeretné majd látni. Bele is nyugodott, mire véget ért a mondanivalójának. Péter figyelmesen hallgatta. Tudta jól, hogy Mary milyen életről beszél, de nem akart erről a lánynak mesélni. Az ő élete sem volt mindig olyan jó és magas színvonalú, mint amilyen most. Némileg a szerencséjének és a jó kiállásának, külsejének köszönhette azt, hogy most ott tart, ahol. A divatot is nagyon jól ismerte, és voltak jó barátai, akik ebben is segítségére voltak. Tehát az öltözködés és a jó megjelenés nem gond. Ehhez a szakmához pedig elengedhetetlen. Amikor először jutott az eszébe, hogy ezzel kellene foglalkoznia, nagyon megörült annak, hogy rengeteg ötlete támadt, hogy hogyan tudná ezt megvalósítani. Elkezdte mozgósítani a baráti körét, hogy a kezdeti nehézségekben segítségére legyenek. Eleinte csak kölcsön kapta a nagyon jó minőségű és drága ruhákat, valamint a jó kocsit, de később már, amikor beindult az üzlete és eladott néhány festményt és szobrokat, nagyon hamar helyreállt az anyagi helyzete. Nagyon jó megérzése volt ahhoz, hogy hol kell keresnie a művészeket, akiknek olyan munkái vannak, amelyeket a gazdag emberek figyelmébe tudott ajánlani, és értékesíteni is tudta azokat – nagyon jó áron.

Eleinte el sem merte hinni, hogy milyen pénzek kerültek a számlájára. Nagyon boldog volt. Most pedig itt van egy ilyen szép lány mellett, de mit kezdjen vele?

Mit is kellene neki mondanom? Ami egy kicsit együttérző és megértő is egyben, esetleg ne érezze azt, hogy én lenézem azért, mert neki nincs pénze. Különben is, Mary még nagyon fiatal. Előtte az élet. Úgy veszem észre, hogy igencsak egy talpraesett lány, és megvan a magához való esze. Biztosan sokra fogja még vinni, és nagyon szeretheti a családját.

Arra gondolt, hogy mond neki pár biztató szót.

– Kedves Mary. Az én életem hasonlóképp kezdődött, mint a tied. Én sem születtem gazdagnak, de az életemben olyan lehetőségek adódtak, hogy ilyen sokra vittem. Úgy veszem észre, hogy te egy magabiztos lány vagy. Biztosan rátalálsz majd a neked való lehetőségre, hogy neked is jobb életed legyen, és a családodnak is.

Marynek nagyon tetszett az, hogy a férfi nem nézi le, hanem inkább egyenrangúként kezeli őt, és biztatja. Most már nem érezte magát olyan feszélyezve. Egyre jobban tetszett neki Peter. Tovább beszélgettek, most már mindenféléről. Közben észre sem vették, hogy mennyi az idő. Peter ránézett az órájára és meglepődve látta, hogy talán még belefér egy ebéd a mai napba, mert már jócskán elmúlt egy óra. Felpattant a padról, és magával húzta Maryt.

– Gyorsan, keressünk egy éttermet! – mondta Marynek, közben a lány keze után nyúlt és megfogta azt, így siettek végig az utcákon. Olyan természetes volt a férfi számára ez a mozdulat, hogy észre sem vette, hogy miközben mennek, fogja a lány kezét, míg az első étteremhez nem értek, és nyitni nem akarta az ajtót. Ránézett a lány és a saját kezére, és zavartan elnézést kért.

– Bocsánat – majd lassan elengedte a kezét.

Az étterem ajtaját kinyitotta, és előreengedte a lányt. Az első pincértől, akit meglátott, megkérdezte:

– Jó napot! Szeretném megtudni, hogy lehet-e még ebédelni.

A pincér készségesen igennel válaszolt, mutatott nekik egy asztalt és a kezükbe adott egy-egy étlapot. Ők pedig hálásan megköszönték. Peter megkönnyebbülve és figyelmesen húzta ki az asztaltól a széket Marynek, majd ő is leült a lánnyal szemben.

– Azt gondoltam, hogy már nem ebédelhetünk – mondta most már megnyugodva Peter, amint leültek.

– Válassz bármit, amit csak szeretnél.

Mary nagyon örült annak, hogy Peter közvetlenül beszél vele azok után, hogy idefele jövet az étteremig, a város utcáin végig fogta a kezét. Mary nagyon meglepődött ezen és zavarba jött, de azt vette észre, hogy Peter ezt teljesen természetesnek vette, és ez látszott is rajta amikor az étteremhez értek. Mert csak akkor vette észre az összefonódó kezüket. Mary nagyon nem bánta, hogy ez így történt. Nagyon jóleső érzés volt. Olyan volt az egész, mint egy álom. Ez a jóképű férfi kézen fogva vezeti egy étterembe. Mary tudta jól, hogy ez csak a pillanat műve volt.

Jó lesz erre visszaemlékezni, és tovább álmodozni róla...

Az ebéd alatt is beszélgettek. Örömmel vették tudomásul, hogy bármiről el tudnak csevegni. Sok közös témájuk akadt,

és közben ugratták egymást és nevettek. Az ebéd belenyúlt a
délutánba, így aztán abban egyeztek meg, hogy Peter elviszi
Maryt kocsival a birtokbejáróig. Mary nem akarta, hogy bárki
is észrevegye a személyzetből, hogy ő együtt töltötte a szaba-
didejét az egyik vendéggel. Peter nem ígért újabb találkozót
Marynek.

– Nagyon jól éreztem magam veled. Köszönöm, hogy elfo-
gadtad az ebédmeghívásomat. Azt még el kell, hogy mondjam,
hogy nem akarok olyat ígérni neked, amit nem tudok majd be-
tartani. Nem tudom, hogy mi lesz a későbbiek folyamán, hogyan
alakulnak a dolgok.

Peter el is gondolkodott.

– Semmi baj – mondta Mary. – Én köszönöm az ebédet és
azt, hogy ilyen kellemesen eltölthettem ezt a délutánt. Minden
jót kívánok neked!

Mary elindult a kocsibejárón a nagy ház felé. Megérezte azt,
hogy Peter még mindig nézheti őt, ahogy távolodik, mert nem
hallotta a kocsit elindulni.

Visszanézzek? – kérdezte magától. – *Nem lesz ez Peternek kel-
lemetlen? Legfeljebb, ha azt látom, hogy tényleg még mindig néz,
akkor majd integetek neki...*

Aztán gondolt egyet és hirtelen megfordult.

Megállt és boldogan vette tudomásul, hogy mintha Peter
csak erre várt volna, és arra hogy ő integessen neki. Mary mo-
solyogva tette ezt, és Peter viszonozta, majd a férfi elindult a
kocsival a város felé.

Mary nagyon boldog volt. A Peterrel együtt töltött kis idő
teljesen bearanyozta a következő napjait. Arra gondolt, hogy
ha esetleg Peter többé nem is keresi, akkor is megmarad ez az
együtt töltött idő egy gyönyörű emléknek. Eltelt várakozással
és reménnyel az ősz és a tél is. Semmilyen hírt nem hallott Pe-
terről, pedig nagyon figyelte azt, hogy milyen vendégek érkez-
nek a házba. Sokszor titokban megnézte a vendéglistát is, hátha
meglátja Peter nevét a meghívottak között. De még a karácsonyi
és a szilveszteri meghívottak listáján sem szerepelt. Maryt ez
eléggé nyomasztotta, de a reményt még nem adta fel.

Találkozások és bűntudat

A tavasz kezdete újabb reménnyel töltötte el Maryt. Azt érezte, hogy hamarosan történni fog valami. A megérzése beigazolódott. Egyszer csak csengetést hallott, amikor ugyanazt a szobát rendezte, mint amikor első alkalommal találkozott Peterrel, szinte ugyan abban az időben. De most a komornyik a második csengetésre ajtót nyitott. Marynek majd' kiugrott a szíve a helyéből, miközben kinyitotta résnyire a szoba ajtaját, hogy meghallja, hogy ki a vendég. Elkezdett hallgatózni, és lassan még egy kicsit jobban kinyitotta az ajtót.

Lehet, hogy még meg is láthatom – gondolta izgatottan Mary. *Bárcsak ő lenne az!* – sóhajtotta. Végül meghallotta a vendég hangját, amikor a komornyiknak bemutatkozott.

Tényleg ő az, Peter! Hogyan tudnék vele csak úgy összefutni? Csak úgy véletlenül találkozni?

Marynek elkezdtek pörögni a gondolatai, nagyon izgatott lett. Mit is tehetne? Gyorsan ki kell találnia valamit! Ezt a lehetőséget nem halaszthatja el! Talán kimegy ruhákat teregetni, úgy, mint akkor.

Bárcsak arra jönne most is! Nagyon szeretném!

Mary elsietett a mosodába. Még szerencse, hogy most is volt kiteregetni való ágynemű. Mary most kifejezetten örült ennek. Tudta jól, hogy az egyetlen esélye az, ha Peter hátramegy a ház hátsó bejáratához. Ha nem megy hátra, nem fog vele találkozni.

Megpróbált nagyon lassan teregetni, minél jobban húzni az időt.

Ő most nagyon, de nagyon elfoglalt ezzel a teregetéssel és nagyon, de nagyon pontosan és precízen végzi a dolgát. Nem szeretné, ha gyűrődés lenne az ágyneműn. Igen, ez biztosan tetszene most a nagymamának. Nagyon jól végzi a munkáját. Nem csak úgy tereget, hogy kihajítja az ágyneműt. Olyan szépen fog megszáradni, hogy már szinte vasalnia sem kell – próbált Mary erre gondolni.

– Hogy vagy? Nem haragszol már rám? – hallatszott mögötte az ismerős férfihang.

Marynek megállt a keze a teregetett ruhán, aztán kissé remegő térdekkel, lassan megfordult. Alig merte elhinni, hogy Peter áll előtte. Belenézett a szemébe.

Még helyesebb, mint az emlékeimben – gondolta Mary.

– Szervusz, Mary. Reméltem, hogy itt megtalállak – mondta neki Peter egészen halkan. – Mikor láthatlak hosszabb időre? Ráérsz délután bejönni a városba? Találkozhatnánk abban az étteremben, ahol legutóbb ebédeltünk.

Mary még mindig nem tudott megszólalni, csak zavartan mosolygott rá.

Peter tovább folytatta, és közben közelebb lépett Maryhez, de nem túl közel, és még mindig halkan beszélt hozzá.

– Neked mikor lenne jó? Az egy óra megfelel?

Mivel Mary még mindig nem felelt, Peter már attól tartott, hogy nagyon megsértődött rá, amiért ilyen sokáig nem jelentkezett. Igaz, nem ígért neki semmit, de mégis rosszul érezte magát emiatt. Attól is tartott, hogy esetleg nemet mond neki a lány.

– Egy órakor ott leszek – mondta végül Mary.

Peter boldog mosollyal elköszönt.

– Akkor várni foglak.

Ahogy Peter elment, Mary szinte összecsuklott, úgy guggolt le. A remegő lábait alig bírta tartani, nehogy Péter észrevegye, hogy őt egy hihetetlenül nagy izgalom fogta el.

Szerelmes vagyok! – gondolta Mary. *Most már biztos.*

Nagyot sóhajtva felállt, és bement a szobájába. Végigfeküdt az ágyon, és felidézte Peter egész jelenlétét, minden kérdését.

Annyira jól néz ki, hogy ez el sem mondható.

Mary újra sóhajtott. Nagyon boldog volt. Felült az ágyon.

Jól van. Befejezem a munkám és kicsinosítom magam. Nagyon szép leszek! Olyannyira, hogy Peter nem fog tudni elfelejteni. Akárkije is legyen, engem fog választani.

Mary határozottan ment vissza a munkáját befejezni. Ebéd után felvette az egyik legszebb ruháját, szépen kisminkelte magát, a haját gyönyörűen kifésülte, a legkellemesebb parfümmel fújta be magát. Elégedetten nézte meg magát a tükörben. Most már indulhatott is a buszhoz. Az étteremhez érve mély levegőt vett, lassan kifújta, és úgy lépett be az étterem ajtaján. Körbenézett, és meglátta Petert. Amint odaért az asztalához, Peter felállt és egy virágcsokorral köszöntötte, majd hellyel kínálta. Mary meglepődve, de örömmel elfogadta. A pincértől megrendelték az ebédet. Ebéd közben sokat beszélgettek. Mi történt az idő alatt, míg nem találkoztak. Ez után a találkozás után Peter többször is eljött Maryhez. Sokat sétáltak a város parkjában, és kocsival távolabbi helyekre is elmentek. Egy hasonló találkozáson Mary azt vette észre, hogy Peter most valahogy nagyon más, sőt inkább nagyon is zaklatott. Nem olyan volt, mint szokott. A felhőtlen vidámságot most felváltotta valami aggodalom. Mary próbálta szóra bírni, mire Peter nagy nehezen elkezdett beszélni.

– Üljünk be a kocsiba, és menjünk ki a városból – mondta Peter.

A várostól messzebb, egy rét közelében megállt és kiszállt a kocsiból, Mary pedig követte. Peter idegesen járkált előtte. Mary arra gondolt, hogy most inkább csendben megvárja, amíg Peter elkezd beszélni. Peter lassan megnyugodott, és elkezdte mondani.

– Szeretném az elejétől elmondani a dolgokat, hogy megértsd. Még mielőtt téged megismertelek, volt, illetve van egy barátnőm, akinek nagyon sokat köszönhetek azért, mert ilyen jó a munkám, és azt, hogy nagyon jól keresek. Kathie-nek hívják. Kathie nagyon tehetséges és elismert a szakmájában, mint üvegfestő művész. Gyönyörű munkái vannak. Éppen pár hete nyílt meg az első önálló kiállítása, amin én nem tudtam részt venni egy üzleti megbeszélésem miatt, de most ez nem is tartozik ide. Tehát miután téged megismertelek, nagyon megkedveltelek. Ezt bizonyára te is észrevetted. De nem tudtam mit mondani neked. A helyzetem miatt nem akartam felbontani a kapcsolatomat Kathie-vel. Miután innen visszamentem, eljegyeztem Kathie-t, amit már mi korábban megbeszéltünk. Úgy éreztem, hogy ez Kathie-vel szemben is így korrekt. Ezért nem is jöttem hozzád, hogy újra találkozzunk. Ahogy telt az idő, egyre többet gondoltam rád, nem tudtalak elfelejteni, és sokat rágódtam azon, hogy helyesen tettem-e, hogy Kathie-vel eljegyeztük egymást.

Mindenképpen találkozni akartam veled, mert már nem bírtam tovább elviselni, hogy nem láthatlak. Tavaszig bírtam ezt az állapotomat. Azt már tudod, hogy elkezdtünk találkozni és egyre jobban meggyőződtem arról, hogy Kathie-vel beszélnem kell a jövőnket illetően. De sajnálatos módon a tegnapi napon történt valami, ami miatt most nagyon ideges vagyok. Ezt akarom veled megbeszélni, mert nem is tudom, hogy kihez fordulhatnék. A tegnapi napon, Kathie-vel egy üzleti megbeszélésre jöttünk volna, az Alfréd úrhoz. Valami miatt Kathie ragaszkodott ahhoz, hogy most ezen a megbeszélésen ő is részt vehessen. Nem is értettem, hogy miért teszi ezt, hiszen mindig is egyedül intéztem ezeket a dolgokat. De azzal érvelt, hogy eddigi munkái közül ez az, amit a legjobban szeret, és szeretné megtudni, hogy kihez és hova kerül. A háznak milyen ékessége lesz?

Az ide vezető úton összevesztünk azon, hogy én azt éreztem, hogy ő nem bízik meg bennem. A vitatkozás közben olyan ideges lettem, hogy nem tudtam figyelni az útra. Elénk vágott az erdőből egy szarvas, letértem az útról, és már nem tudtam visszakormányozni a helyes útra a kocsit. Az autó a hirtelen fékezéstől megpördült, és nekicsapódott az egyik fának. Az ijedtségtől magamhoz térve, azt sem tudtam, hogy hol vagyok. Én megúsztam az egész balesetet egy kis karcolással, de Kathie nem. Amikor megláttam Kathie-t mozdulatlanul, arra gondoltam, hogy az is lehet, hogy ő meghalt. Amit utána tettem, vagy inkább nem tettem meg, az most nagyon megzavart engem.

Peter elkezdett könnyezni, de letörölte könnyeit, úgy folytatta tovább. Mary egy kissé megrökönyödve hallgatta, de nem szólt közbe.

– Hirtelen ötlettel arra gondoltam, hogy nem nyújtok segítséget Kathie-nek, mert még mindig dühös voltam rá. Úgy gondoltam, hogy cserbenhagyom, és hagyom meghalni. Arra gondoltam, hogy megérdemli, amiért nem bízott meg bennem. Elindultam a kocsitól visszafele, és elkezdtem azon gondolkodni, hogy ki az, aki tudja, hogy mi ketten hová indultunk. De arra jutottam, hogy egyedül Alfréd úr tudja, hiszen ő várt bennünket. Fel is hívtam telefonon és közöltem vele, hogy minden rendben van, de majd csak másnap tudok vele találkozni, mert valami közbejött. Egy ideig mentem és egyre jobban eltávolodtam a baleset helyszínétől, majd eszembe jutott, hogy a Kathie táskáját és a kocsi iratait el kellene hoznom. Ezért visszamentem a felborult járműhöz és arra gondoltam, hogy mégiscsak megnézem biztosra, hogy Kathie tényleg meghalt-e. Majd úgy teszek mindenki előtt, hogy én nem tudok arról, hogy Kathie hová ment és kihez. De nagy meglepetésemre Kathie-t nem találtam a kocsiban, csak a táskáját. Nagyon meglepődtem. Kerestem az erdőben egy szakaszon, és kiabáltam is, de semmi jele nem volt annak, hogy hová lett. Így most nem tudom, hogy mi történt vele, de nem is akarom elmondani senkinek, rajtad kívül nem is tudja senki.

Kérlelőn nézett Maryre.

– Mondd csak, megbízhatom benned? Tudom, hogy igen.

Odament Maryhez, és átölelte.

– Kérlek, ne haragudj rám! Egyelőre nem tudom, hogy mit tegyek. Téged nagyon szeretnélek szeretni, de most még ezt sem tehetem meg. Bocsáss meg! Köszönöm, hogy meghallgattál, és hogy bízhatok benned.

Mary nem is nagyon tudott az elhangzottak után mit mondani. Visszaültek a kocsiba, és a birtok bejáratánál elköszöntek egymástól.

– Még nem tudom, hogy mikor, de majd keresni foglak.

Mary lassan, ment a nagy ház felé, majd a kertben lévő egyik padra leült és hosszasan gondolkodott azon, amit Peter elmondott.

Ha jól értelmeztem, azért nem találkoztunk olyan sokáig, mert a barátnőjét eljegyezte. Közben engem annyira megkedvelt, hogy nem tudott elfelejteni, és ezért újra megkeresett. Elkezdtünk találkozgatni. Most pedig megtörtént a baleset, ahol Peternek kapóra jött volna az, ha Kathie meghal... Nem is tudom. Ez bizony elég kemény cselekedet. Én mit szólnék mindehhez, ha így jártam volna a jegyesemmel? Ha esetleg mégiscsak életben volnék? De Peter nem szereti őt, az már bizonyos. Hogyan mondta? „Téged nagyon szeretnélek szeretni..." Hmm... Egyelőre megvárom, hogy Peter mikor jelentkezik. Biztos vagyok abban, hogy újra várnom kell, amíg lecsillapodnak a dolgok körülötte.

Mary nagyot sóhajtott, és elég szomorúan tért vissza a szobájába. Némi remény volt benne attól, amit Peter mondott, s ez visszhangzott a fülében: „Téged nagyon szeretnélek szeretni…" *Ez csakis azt jelenti, hogy engem szeretne választani!* Ezzel a felismeréssel teljesen más szemszögből kezdett Peterre gondolni. *Ha újra találkozom vele, megmondom neki, hogy rám bármiben számíthat. Jaj, de kár, hogy ezt nem mondtam neki, amikor elköszönt tőlem!* Mary nagyon sajnálta, hogy ezt nem mondta el Peternek, mert ez a biztató mondat bizonyára őt is megnyugtatta volna. Az a tudat, hogy ő mindenben támogatja. Remélte, hogy lesz még erre alkalom.

A munkáját elvégezte és a konyhába ment, hogy Annával beszélgessen egy kicsit, hogy elterelődjenek a gondolatai. Úgy érezte, hogy zsong a feje a feszültségtől és a bizonytalanságtól. Anna már előkészítette a vacsorához, amit kell, de valamit nagyon keresett, éppen így talált rá Mary.

– Mi a baj? Mit keresel annyira? – kérdezte meg tőle.

– Nagy baj van! – mondta Anna egyre idegesebben, és csak kutatott tovább rendületlenül. – Biztos voltam abban, hogy még van egy tasakkal, de nincs! Ezt nem hiszem el! Most mit csináljak?

Marynek úgy tűnt, hogy Anna már az összes fiókot és polcot átkutatta.

– Mi van? Mondd már! Mégis mit keresel olyan nagyon? – kérdezte sürgetőn Mary.

– A vacsorához nem fogom tudni feltálalni az Alfréd úr kedvenc desszertjét. Pedig a lelkemre kötötte, hogy ezt szeretne most enni vacsora után. Biztos voltam abban, hogy minden megvan itt a konyhában hozzá, de nem, mert nem találok egy csomagot sem a vaníliáscukorból, és ha az nincs benne, akkor nem is tudom elkészíteni. Kit küldjek a városba, hogy hozzon nekem? Mondd meg, Mary, most mit csináljak? Egy óra múlva hozzá kellene kezdenem, mert még ki is kell hűlnie, hogy a hűtőbe tehessem, és a legmegfelelőbb hőmérsékleten tudjam tálalni. Talán jobb lenne, ha odaállnék Alfréd úr elé, és felmondanék most azon nyomban, mint hogy ilyen szégyen érjen, hogy e miatt a vaníliáscukor miatt nem tudom megcsinálni a desszertet. Szegény Anna már teljesen kiakadva mondta ezt. Mary megállította.

– Várj egy kicsit! Én tudok neked segíteni. Szívesen bemegyek a városba, és elhozom neked. Csak írd fel, ha kell még valami.

– Mary, tényleg megteszed? Te vagy az én megmentőm! – hálálkodott neki Anna.

– Persze, hogy megteszem. Úgyis rám fér egy kiadós séta, hogy kiszellőztessem a fejem. Már indulhatok is. Magamhoz veszem a táskámat, és már itt sem vagyok.

Úgy is volt. Mary a busszal hamar bent volt a városban. Nagyon szerette a buszos közlekedést, mert kevés pénzért, hamar be lehetett érni a város központjába. A boltban megvette azt, amit még Anna felírt neki egy kis papírra, és már sietett is a buszmegállóhoz, hogy minél hamarabb visszaérjen a birtokra. Egyszer csak Frank jött vele szembe.

– Szervusz, Mary! – köszöntötte a férfi. – Mi újság van, hogy vagy?

– Minden a legnagyobb rendben, köszönöm. Maggie hogy van? Már régen voltam kint nála. – kérdezte Mary egy kicsit szégyellve, hogy bizony már több mint egy hónapja nem látogatta meg Maggie-t.

– Maggie jól van, de most történt valami. A tegnapi napon a háztól nem messze talált egy balesetet szenvedett nőt.

Maryben megállt a levegő egy pillanatra, és hirtelen roszszullét fogta el. Frank nem is tudta tovább folytatni, amit még mondani akart, mert látta, hogy Mary nincs jól.

– Mi lett veled? – kérdezte Frank. – Gyere, és ülj le ide a padra – mondta neki, és a karjánál fogva odavezette a padhoz. Frank próbálta megnyugtatni.

– Vegyél mély lélegzetet. Jobban vagy? Nagyon rám ijesztettél – mondta neki meglepődve.

– Most már jobban vagyok, köszönöm. Csak ahogy elmesélte Frank bácsi, hirtelen azt hittem, hogy Maggie nénivel történt a baleset.

Mary próbálta leplezni az ijedtségének az okát ezzel a válaszával, viszont Frank megnyugodott. Így érthetőbb volt számára Mary hirtelen rosszulléte. Rögtön ki is javította magát.

– Nem Maggie-nek lett balesete, hanem ő lelt rá egy nőre, akinek balesete volt, és a nőt elvittük a Maggie házába. Most ott van.

Mary csak óvatosan kérdezte Franktől:

– A nő kicsoda, és hogy van? Miért nem vittétek a kórházba?

– Nézd, Mary. – Frank nem akart minden részletet megosztani vele, ezért rövidre is fogta a mondanivalóját. – A nő sajnos beverte a fejét. Most még nem tudjuk, hogy mi van vele. Majd később meglátjuk, hogyan alakul a helyzet. Most mennem kell. Remélem, vissza tudsz menni a birtokra – mondta neki Frank.

– Persze, jobban vagyok, Frank bácsi, menjen csak. Köszönöm.

Marynek a fejében most már kezdett összeállni a kép. Gondolataiba merülve lépett fel a buszra, majd ahogyan beért a nagy házba, egy kicsit összeszedte magát, hogy Anna ne vegye észre a zaklatottságát. Átadta neki, amit kért, és Anna nagyon hálás volt, de most nem is nagyon ért rá azzal foglalkozni, hogy Marynek esetlegesen milyen gondjai lehetnek. Tovább sürgött a konyhában. Mary így nyugodtan elvonult a szobájába, s gondolataiba merülve leült az egyik székre. Megpróbálta jól összerakni időrendi sorrendben a történteket, amit Peter mondott és amit Franktől hallott.

Szóval az történt, hogy Peter és a Kathie balesetet szenvedtek, és Peter otthagyta a nőt. Zárójelben megjegyzem, hogy ez nem volt szép tőle – akármilyen haragos is legyen valaki, nem hagyhatja cserben a másikat. Tehát a Kathie-t, akit otthagyott, valószínű, hogy Maggie néni és Frank bácsi megtalálta, és elvitték a Maggie házába. Ezek szerint Peterrel nem is találkoztak. Mikor Peter visszament, ezért nem találta sehol Kathie-t. Kathie pedig Maggie-nél van. Mit is kellene most nekem csinálni? Peternek úgysem tudok szólni... de lehet, hogy nem is fogok. Holnap kimegyek Maggie nénihez és megnézem, hogy ez a Kathie hogy érzi magát és megtudom tőle, hogy vajon ő mire emlékszik a balesetből. Csak úgy megkérdezem. Majd adom az ártatlant, mint aki nem tud semmiről. Bizony, ezt fogom tenni.

Így is lett, de Mary csak négy nap elteltével tudott elmenni Maggie nénihez. Aznap délelőtt már jóval korábban befejezte a munkáját, ezért engedélyt kért az intézőtől, hogy elmehessen meglátogatni a nagynénjét, mert úgy hallotta, hogy történt vele valami. Ha úgy vesszük, Mary nem is hazudott; ezt jól kitalálta. Az intéző pedig elengedte. Kocsijába ült, és nagyon izgatottan kihajtott az útra. Mit fog mondani Maggie néninek? Miért jött ki hozzá ebben a szokatlan időben?

Ajj, tényleg, a Tavaszi Fesztivál meghívói még itt vannak a kocsiban. Ezt el is felejtettem. Nagyon jó. Még az indokom is megfelelő. Maggie néninek nem is lesz feltűnő.

Most már elégedetten vezetett tovább, de Kathie-re nagyon kíváncsi volt: vajon Peter menyasszonya hogy nézhet ki? Egyáltalán, hogy néz ki egy ünnepelt művésznő?

Jól meg fogom nézni!

Ahogy beért a Maggie háza elé, nem látott senkit.

Biztosan Maggie néni is a házban van.

Benyitott a házba, de nem látta Maggie nénit sehol, majd egyszer csak a konyhából lépett ki meglepetten.

– Hát te? – kérdezte tőle nagynénje. Mary arra volt kíváncsi, hogy hol van, hogy van, és hogy néz ki a nő. A látogatás alkalmával mindenre megkapta a választ. Kissé dühösen otthagyta őket, és a birtok felé vezető úton elkezdett azon gondolkodni, amit Kathie-ről megtudott.

A Kathie nevű nő nem emlékszik semmire, tehát a baleset előttről semmire, de semmire. Még a nevére sem. Ez azért, ha jól belegondolok, nem is olyan rossz hír. Maggie néni biztosan a gondját fogja viselni, legalább egy időre, amíg vissza nem nyeri az emlékezetét. Nagyon figyelnem kell, hogy ez mikor történik meg, mert akkor Peter nagyon nagy bajban lesz, sőt, még én is, mert elveszíthetem Petert. Majd erre is kitalálok valamit.

Mary tovább gondolkodott.

Azt le sem lehet tagadni, hogy ez a nő jómódú és előkelő családból származik. A modora, a beszéde, az egész megjelenése… Minden erre utal. Még az én egyszerű ruháimban is nagyszerűen mutat. Ráadásul nagyon is szép, még akkor is, ha az arca egy részét a balesetből származó zúzódások fedik. Nem is értem, hogy Peter miért nem szeretett bele. Minden megvan benne, ami csak kellhet egy férfinak. Gazdag, szép és sikeres. Mit is kellene csinálnom ezzel a sok információval? Ha találkoznék Peterrel, akkor sem mondanám meg neki azt, hogy tudom, hol van a menyasszonya, mert akkor végleg el fogom veszíteni őt. Hadd legyen csak abban a tudatban, hogy eltűnt. Igen. Ez így jó lesz egyelőre.

Ahogy visszatért a birtokra, a következő hetekben már a Tavaszi Fesztivál előkészületei zajlottak. Ez minden évben hatalmas esemény volt, rengeteg vendéggel. Most a személyzet is nagyon várta, mert az este egy részében ők is beöltözhetnek majd egy szép jelmezbe, és arra is engedélyt kaptak, hogy beálljanak táncolni is. Alfréd úr még sosem volt ennyire engedékeny, mint most. Hatalmas volt az előkészület, minden egyes napot megelőzően. Nagyon sokat dolgoztak azon, hogy minden tökéletes legyen. Még a zenészek is eljöttek megnézni, hogy hol fognak muzsikálni, elég lesz-e nekik a hely az emeleten. A személyzet a fesztivált megelőző napon késő estig díszítette a nagytermet. Anna minden egyes helyiséget végigjárt és folyamatosan valamilyen utasítást osztogatott, mert nem csak a konyha tartozott a felügyelete alá, hanem minden más is.

Anna hihetetlenül precíz munkát végzett, olyat, hogy abban hiba nem lehet. Így kezdődött el a Tavaszi Fesztivál. Marynek pedig csak a fesztivál napján, délelőtt jutott eszébe, hogy megnézze a vendéglistát. Majd' kiugrott a szíve a helyéből, amikor meglátta Peter nevét. Nagyon boldog volt.

Most már csak arra kell figyelnie, hogy a tömegben megtalálja. Mary a városban vett egy szép ruhát erre az alkalomra. Biztos volt benne, hogy Peternek is tetszeni fog.

Végre eljött a várva várt, nagy nap. Marynek úgy tűnt, hogy ebben a tömegben nehezen fogja megtalálni Petert az álarcos emberek között. A felszolgálás közben is folyamatosan figyelte a vendégeket, majd egyszer csak rátalált, amint egy férfiakból álló társaságban beszélgetett. Fogott egy tálcát teli pezsgőspoharakkal, odaállt a férfitársaság mellé, és viszonylag halkan kínálta őket a pezsgővel. Amint ránézett Peterre, a férfi is rögtön megismerte őt. Most már biztos volt benne, hogy tud majd vele beszélni, de Kathie-t meg sem említi neki. Nagyon izgatott lett, már alig várta azt az időt, amikor a személyzet is elvegyülhet a tömegben, és ő végre beszélhet Peterrel.

Mary gyorsan átöltözött a szobájában, majd bement a terembe és elkezdte keresni. Hamar megtalálták egymást. Peter szó nélkül szorosan magához ölelte. Mary eközben Peter háta mögött meglátta Maggie nénit, és tágra nyílt a szeme, mert Maggie néni mellett ott állt Kathie is; egy kicsit távolabb beszélgettek. Mary nagyon megijedt. Nem találkozhatnak össze! Peter biztosan felismeri Kathie-t, még akkor is, ha az a nő álarcban van. Marynek hamar támadt egy jó ötlete, hogyan ne kerüljön Maggie néni elé, és még véletlenül se találkozzanak Kathie-vel.

– Drága Peter – súgta a Peter fülébe. – Mi lenne, ha mi most elmennénk innen, és nem is jönnénk vissza a mai este folyamán?

Peter ránézett a még mindig az ölelésében tartott Maryre. Arcán csak egy fél-álarc volt, így Mary láthatta a mosolyát.

– Rendben. Én is jobban örülnék annak, ha csak kettesben tölthetnénk el ezt az estét. Hová menjünk? Van valami jó ötleted?

Mary nagyon figyelt arra, hogy Peter még véletlenül se forduljon arra, amerre Kathie van. Mary bólintott, rámosolygott, és belekarolva kivezette a teremből.

Fél szemmel még visszanézett. Ez azért meleg helyzet volt...

Amint kiértek a házból, Mary így szólt Peterhez:

– Ismerek egy szép házat, ahol eltölthetjük csendesen az estét, csak mi ketten. Megmutatom, de kocsival kell mennünk.

– Az nem gond – mondta neki Peter.

Beültek a kocsiba, és mind a ketten levették az álarcot. Peter Maryhez hajolt, és hosszan megcsókolta. Ez volt az első alkalom, hogy végre nem gondolt arra, hogy más valaki van az életében és azért nem teheti ezt meg.

Kathie már hetekkel ezelőtt eltűnt. Ezért azt is gondolhatja bárki, hogy talán már nem is tér vissza.

Ezért Peter szabadnak érezte magát. Végre azt csinálhatta, amit már régen meg akart tenni.

Marynek másnap reggelre egy újabb ötlete támadt. Mivel előző nap este megijedt, hogy Peter és Kathie majdnem öszszetalálkoztak, ezért arra gondolt, hogy a birtokon keres egy munkalehetőséget Kathie-nek, így legalább szemmel tudja tartani. Az intézővel megbeszélte, hogy szívesen ajánl egy igazán megbízható embert az istállómester mellé. Ez sínen volt, mert az istállómester hamar beleegyezett. Most már csak Maggie nénit kellett meggyőznie. Arra nem is gondolt, hogy esetleg a Kathie nem akarna dolgozni. Amikor kiment Maggie-hez, nem is gondolta, hogy Kathie milyen jól fogadja a munka lehetőségét. Mary elégedetten ment vissza a birtokra, és vasárnap már Kathie-t is elhelyezte a birtokon a szálláshelyén, és bemutatta a munkatársait.

Ez eddig meg is volna.

Mary nagyon magabiztosan ment vissza a nagy házba, a szobájába. Úgy érezte, hogy nem lesz gond, hiszen Kathie elég távol dolgozik a nagy háztól, ráadásul nem is teheti meg, hogy erre jöjjön.

Megtettem minden óvintézkedést.

Mary nagyon elégedett volt azzal, amit eddig megtett. Minden jól fog alakulni.

Látomások

Carolnak olyan tervei voltak a szabadnapjára, hogy végre bemegy a városba és vásárol magának festékeket, üveglapokat és még ami kell. Boldog volt, hogy a saját pénzén teheti ezt meg. Megvolt az elképzelése arról is, hogy milyen ajándékot készít Maggie-nek és Franknek azért a sok kedvességért és szeretetért, törődésért, amit a mai napig is megtesznek érte. Már korábban megbeszélte Frankkel, hogy ezen a napon találkoznak a városban és együtt mennek Maggie-hez. Carol nagyon boldog volt, hihetetlenül jól érezte magát. Gyönyörűen sütött a nap. A nagy park mellett haladt el, s a látvány, ami ott fogadta, örömmel töltötte el. Amerre csak nézett, vidám emberek sétáltak, gyerekek játszottak ugrándozva, pár ember egy fiatal gitáros zenészt állt körül, a színes léggömbárus férfit a gyerekek nagy zajjal és nevetéssel fogadták – a gyönyörű napsütés megtette hatását. Carolt is teljesen átjárta ez a vidám érzés. A boltba belépve újra csak elámult, hogy itt mindenféle dolgot meg lehet vásárolni, amit csak szeretne. Mire végzett a vásárlással, Frank már a bolt előtt várta és nagy szeretettel köszöntette, majd együtt mentek bevásárolni Maggie-nek. A kocsihoz érve mindent bepakoltak, és elindultak a város kifelé vezető útján.

Ebben az időben tartózkodott a városban Alfréd úr is, akinek megakadt a szeme a tőle távolabb lévő Franken, és azon, aki vele volt. A szívében elindult az ismerős érzés, amit a fesztiválon is érzett. A nő háttal állt neki, de ahogyan a kocsiba pakolt, meglátta az arcát oldalról. Elgondolkodva állt és nézte őket, majd az előtte elhaladó autó után nézett.

Lehet, hogy a nő Frankkel, Carol lenne?

Még mindig ezen tűnődve elindult a kocsihoz. Megpróbálta vissza idézni annak a nőnek az arcát, akit a fesztiválon, a parkolóban, a kocsi mellett a sötétben meglátott. A szíve még hevesebben vert.

Most már tudom azt, hogy Carolnak hívják. De vajon akit most láttam, ugyanaz a nő? – Gondolataiba merülve ment vissza a birtokra. – *Talán meg kellene kérdeznem Franktől? Lehet, hogy csak képzelődöm* – próbálta megnyugtatni magát, mégis valami reményt érzett.

Amint beért a nagy ház előcsarnokába, hatalmas meglepetésére a nagymama várta, aki egy kissé izgatott volt, ami már így is nagy megdöbbenés volt Alfréd számára, nem csak a nagymama hirtelen felbukkanása.

Itt valami készül! Alfréd ezt nagyon gyanúsnak találta. A nagymamát bekísérte a dolgozószobájába. A személyzettel teát és süteményt hozatott.

– Kérlek, nagymama, mondd el, hogy mi a látogatásod célja – nézett rá Alfréd, miközben hellyel kínálta.

– Kedves Alfréd, arra gondoltam... – közben nagymama lassan megfogta a teás csészét, és elkezdte kavargatni a forró italt.

Alfréd most már tűkön kezdett ülni, azt látva, hogy a nagymama ennyire húzza az időt, ami egyáltalán nem vallott rá.

– Nos? – kérdezte türelmetlenül.

– Szóval rád gondoltam, amikor a minap összetalálkoztam egy teadélután erejéig az egyik legkedvesebb barátnőmmel, akivel arról kezdtünk el beszélgetni, hogy neki van egy nagyon szép, okos és művelt unokahúga, aki még nem ment férjhez.

Alfréd ezt döbbenten hallgatta, és megcsóválta a fejét. Ezek szerint nagymama tényleg nagyon komolyan gondolta az ő házasságát, de minél hamarabb.

– Talán nem kellene rögtön az első jelölteddel összekötnöm az életemet, igaz? – kérdezte egy kicsit gúnyosan Alfréd. – Az is lehet, hogy én is azon vagyok, hogy találjak valakit, aki nekem igazán megfelel.

A nagymama erre felkapta a fejét, mert nem számított arra, hogy Alfréd esetleg talált volna valakit ilyen hamar.

– Van valaki, akit nekem is bemutatnál? – kérdezte tőle kedvesen. A nagymama szemei előtt már meg is jelentek a dédunokák, akik már zajosan ki-be szaladgálják a házat, amit ő nagyon nem bán. Közben elmosolyodott.

– Legalább két dédunokát szeretnék.

Ezt bizony már hangosan elmerengve mondta ki. Alfréd csak nézte ámulattal a nagymama elmosolyodó arcát. Ez a jelenet igazán kedvesen érintette. Ezen ő is elmosolyodott, megfogta a nagymama kezét, úgy mondta tovább.

– Találkoztam valakivel a Tavaszi Fesztivál alkalmával, de sajnos még egyelőre nem tudom neked bemutatni. Viszont a szívemet nagyon is megdobogtatta.

– Rendben – mondta most már nyugodtan a nagymama. – Mégis arra kérlek, hogy a barátnőm rokonát is ismerd meg. Így könnyebben el tudod dönteni, hogy jók-e a megérzéseid. Én megszervezem neked ezt a találkozót. Kezdhetnénk is a jövő héten, egy vacsorával, itt nálad.

– Rendben – egyezett bele Alfréd. Talán ezzel a vacsorával időt nyerhet ahhoz, hogy hátha felbukkan Carol is. Így akkor már nem lesz kérdéses az sem, hogy ő kit fog választani. A nagymama pedig boldogan vette tudomásul, hogy Alfréd szinte ellenkezés nélkül beleegyezett a találkozóba.

Remek – gondolta. Most már nyugodtan hagyta el a nagy házat.

A vacsora jól sikerült – legalább is így nyugtázta a nagymama. Persze azt is jól tudta, hogy Alfréd akkor is illemtudó, szívélyes és kedves lenne, ha a vacsoravendége igencsak csúnyácska lenne. Na de Klarice-ra ez egyáltalán nem mondható. Abban Alfrédnak is igazat kellett adnia a nagymamának, hogy Klarice elég szép és művelt volt, és az sem számított utolsó szempontnak, hogy lehetett vele beszélgetni.

De azt a szívdobbanás-érzést abszolút nem éreztem. Ha éreztem volna, akkor talán elgondolkodom azon, hogy érdemes-e várnom Carolra.

A nagymama úgy intézte a dolgokat, hogy ők ketten többször is találkozhassanak. Az biztos, hogy ő mindent megtett azért, hogy ebből minél hamarabb házasság legyen. Annyira sürgette a dolgokat, hogy három hónapra már ki is tűzték az eljegyzési parti napját. Alfrédot ez eléggé nyomasztotta, mert még mindig Carol járt a fejében, és eddig arra sem volt alkalma, hogy Frankkel beszéljen.

Carol boldog volt, hogy a szabadnapján újra Maggie-ékhez mehetett. Arra gondolt, hogy a buszmegállóhoz a nagy birtok gyönyörű, díszfákkal és szebbnél szebb virágokkal teli parkján fog végigmenni, nem pedig a hosszú betonúton sétálva. Nem tudott betelni a park látványával. Már korábban is gondolta, hogy el fog tölteni itt egy kis időt a szabadnapjain, de még sosem került erre sor. Esetleg le is festhetné a park egy-egy gyönyörű részét. Egyszer csak megállt, és elkezdett hallgatózni.

Csak nem? Vízcsobogást hallok? De honnét jön a hang?

Elkezdett lassan tovább sétálni, és egyre hangosabban hallotta a víz csobogását.

Ezt nem hiszem el! Itt van a közelben egy patak vagy vízesés?

Ahogy egyre közelebb ment a hang irányába, kissé elrejtve végre meglátta a bokrokkal, cserjékkel körülvett patakot.

Ez tényleg egy patak. Hogy ez milyen csodás!

Carolt teljesen lenyűgözte a látvány. Csípőre tett kézzel nézte a víz folyását.

Nem is olyan kicsi ez a vízfolyás.

Lesétált a patakhoz, a kezét belemártotta a vízbe és felfrissítette az arcát.

– De jó érzés ez a hideg víz! Nagyon frissítő – mondta ki hangosan. Leült a patak partján a szép zöld fűre.

– Ez lesz a kedvenc helyem. Ide el fogok jönni, amikor csak tehetem.

Elhatározása komoly volt. Egy ideig elnézte és csodálta a víz sodrását, majd behunyt szemmel hallgatta a víz csobogását és mély levegőt vett, mert olyan jó érzéssel töltötte el a friss, üde levegő, amit a víz árasztott magából.

Olyan ez a csodás park, mint egy szép mesevilág, de nem engedik meg azt, hogy minden ember láthassa. Talán azért is mondták nekem azt, hogy nem járhatok összevissza a park területén. Bizonyára egyes helyei a parknak nem látogathatók idegenek számára. Nekem ezentúl ez nem lesz akadály, hogy eljöjjek ide. Nagyszerű!

Carol felállt, és elindult a buszmegálló felé. Amint a bejáróút mellé ért, gyönyörű vadvirágokat látott az út túloldalán, egy kicsit messzebb az úttól.

Van még időm a busz indulásáig.

Átment az úton és arra gondolt, hogy szed belőle egy csokorral Maggie-nek. Örülni fog neki, hiszen nincsenek a kertjében ilyen fajta szép virágok. Szedett is egy kisebb csokorral. Ahogy felállt, hallotta, hogy az úton a nagy ház felé hajt egy autó. A hang irányába fordult és látta, hogy egy nagyon szép sportkocsi halad el. *Némelyik embernek hogyan telik ilyen autóra?* – gondolta Carol. Visszament a bejáróútra, de megint meggondolta magát, és a betonút helyett a parkban haladt tovább, hátha felfedez még olyan helyeket, amiket még nem volt alkalma megcsodálni. Letérve az útról, a park további részét kezdte kutatni. A madarak éneke most még jobban hallatszott, mint eddig. Carol csak úgy nézett fölfelé, hátha meglátja valamelyik énekesmadarat. Úgy érezte most magát, mint egy kislány, aki egy csodaszép mesebeli parkban sétál.

Maggie örömmel vette át a csokor virágot, amit Carol szedett neki.

– Nagyon szép csokor. Ezt hol szedted? – kérdezte tőle, és közben vizet hozott a vázába, és kitette az asztalra. – Köszönöm.

Carol nagy lelkesedéssel elmondta neki, hogy a parkban milyen csodás dolgok vannak. Mindenféle különleges fa és virágok zöme, az énekesmadarak csodálatos éneke, és lelkesen beszélt neki a kissé eldugott helyen lévő patakról is.

Peter az Alfréd úr birtokához közeledve a kocsijában azon töprengett, hogy mennyi pénzt fog ő még bezsebelni Kathie alkotásaiból. Milyen szerencse érte azzal, hogy előrelátó és leleményes volt. Mert amikor még Kathie-vel volt, rábeszélte a lányt, hogy a tengerparti házban fessen, mert szerinte ott jobban tud a festésre figyelni. Nincsenek zavaró körülmények, és csodás a kilátás. Jobban kap ihletet, mint a város zajában. Ennek az ötletnek Kathie is nagyon örült, és amint csak tehették, ott töltötték a szabadidejüket. Beszereztek mindent, ami a festéshez kellett, így aztán azok az üvegfestmények mind ottmaradtak a tengerparti házban, és nem tudott róluk csak Peter és Kathie. Most már, minden bonyodalmat kizárva, Peter úgy gondolta, hogy az összes olyan darabot, ami készen van, pénzzé tesz. Amikor mindent eladott, szépen elhagyja az országot a maga csendességében.

Ez volt a nagy terve. Persze azt nem gondolta, hogy ennyire jól alakulnak a dolgok, és Kathie még mindig nem került elő. *Nagyon jó. Minden még jobban alakul, mint vártam.* A kocsi hátsó ülésén egy üvegfestményt vitt Alfréd úrnak megmutatni, és ha már itt van, el is adja neki, mert ez nem is volt kétséges. Peter biztosra ment. Már az első találkozáson ráérzett arra, hogy Alfréd úrnak milyen kifinomult érzéke van a művészethez, és hajlandó is sok-sok pénzt kifizetni érte. Biztos volt abban, hogy amit most megmutat neki, rögvest megtetszik neki. Egy nagyon szép képet választott. Napokkal korábban jól átnézte a képeket, és már el is döntötte, hogy a sok ismerős gazdag emberek között kinek melyiket fogja eladni. A nagybirtok bejáróján hajtott tovább, és nagyon, de nagyon jól érezte magát. Ahogy ezek a szép, pénzes gondolatok forogtak benne és a szép jövőjét látta maga előtt, egy pillanatra belenézett a visszapillantó tükörbe és hirtelen lefékezett, mert azt hitte, hogy a tükörben látottaktól menten elájul. Még szerencse, hogy nem ment gyorsan, így nem kellett olyan nagyot fékeznie, de a hátsó ülésen lévő kép még így is koppanva becsúszott a két ülés közé. A fékezés után újra belenézett a visszapillantó tükörbe. A szíve elkezdett hevesen dobogni, és valami félelem lett rajta úrrá, de már nem látta azt, amit korábban. Kiszállt a kocsiból, és csak bámulta az utat és a homlokát kiverte a víz, a szíve még mindig gyorsan vert.

– Teljesen megbolondultam! – mondta. – Hogy láthattam volna itt ezen a helyen Kathie-t? Nem lehet, hogy csak úgy a semmiből megjelenik, aztán pedig eltűnik!

Még egy ideig ott állt, és nézte a bevezető utat, ahol Kathiet vélte látni egy pillanatra. Majd megnézte a képet, hogy nem sérült-e meg valahol, de megnyugodott, hogy az ugyancsak gondosan becsomagolt képnek nincs semmi baja. Aztán lassan visszaült a kocsiba és újra belenézett a tükörbe.

– Biztosan csak képzelődtem, mert már olyan régen nem láttam őt.

Nagy levegőt vett, és lassan kifújta, hogy végre megnyugodjon. Lassan beért a nagy házhoz, és leparkolt. Meglátta az intézőt, és hirtelen támadt egy ötlete. Intett neki, hogy várja meg.

– Elnézését kérem. Bizonyára tudna segíteni nekem abban, hogy egy kedves ismerősöm testvérét megtalálhassam itt. Úgy tudom, hogy itt dolgozik, ezen a birtokon. A neve Kathie Lamberg. Meg tudná mondani, hogy hol találom?

Az intéző nagyot nézett.

– Ilyen nevezetű személy nem dolgozik a birtokon. Én mindenkit jól ismerek, mert erre a birtokra csak az jöhet dolgozni, akit én felveszek – mondta határozottan Peternek. Elköszönt, majd tovább ment sietve. Peter teljesen megnyugodott. Most már biztos, hogy csak képzelte azt, hogy Kathie-t látta volna. Ha Kathie-nek a birtokra lenne bármilyen bejárása, vagy Alfréd úr ismerné, akkor az intéző is tudna róla. Most már teljes nyugalommal magához vette a képet, elindult a nagy ház bejáratához, és közben eszébe jutott Mary.

Még mindig nem tudom, hogy pontosan mit is kezdjek ezzel a lánnyal. Nagyon is tetszik nekem, de én nem akarom magam lekötni egy életre senkivel. Legalábbis most még nem. Először pénzt kell csinálnom abból, amiből csak tudok. Talán később esetleg újra megkeresem. Most csak útban lenne! Mit kezdhetnék most vele? Nem jöhet velem az üzleti utakra! Különben sem lenne az jó, ha ő is megtudná azt, hogy én most mit csinálok és mit tervezek. Ez eléggé veszélyes lenne. Amíg csak én tudok róla, addig nem lesz gond. Akkor inkább ezt a lányt most kihagyom.

Erre a döntésre jutott, majd becsengetett a házba. A komornyik már nyitotta is az ajtót, és bevezette Alfréd úr dolgozószobájába. Jól sejtette, hogy amint Alfréd úr meglátja az üvegfestményt, meg is veszi. Így is történt. Elfogadta az árajánlatot, és rögvest meg is írt neki egy csekket a pénzről. Peter a házból kifelé menet azt gondolta, hogy ha minden festményt ilyen zökkenőmentesen és gyorsan el tud adni, nagyon hamar megvalósíthatja a terveit. Boldogan és elégedetten hagyta el a birtokot.

Megválaszolatlan kérdések

Alfréd egyik napon a lovaglás után a nagy ház felé tartott a kocsijával, amikor a parkban meglátta azt a nőt sétálni a nagy ház felé, akivel már korábban összetalálkozott az istállóban. Alfréd el is mosolyodott azon, ahogy visszagondolt arra, hogy az istállóban ez a nő az ijedtségtől megcsúszva, arccal beleesett a lótrágyába.

– Pedig én nem akartam megijeszteni – mondta ki hangosan, még mindig mosolyogva.

Már akkor is volt valami furcsa, megmagyarázhatatlan érzése a közelében, ami most is elővette, ahogy egyre csak nézte őt.

Eközben Carol a kertben sétálva és elgondolkozva egyre közelebb került a nagy házhoz és az autók bejárati útjához. Csak későn vette észre, hogy nagyon nem jó helyen van: a kocsi halk motorzúgására felemelte a fejét, és körbenézve azt látta, hogy nagyon eltávolodott a kis háztól, és már a nagy ház előtt áll. Ahogy újra körbenézett, hogy milyen közel került a nagy házhoz, meglátta azt, hogy az Alfréd úr a kocsiban ülve őt nézi, és egyre jobban közeledik felé.

– Hogy én mekkora bajban vagyok! – kiáltotta Carol hangosan, és a menekülőútvonalat kereste.

– Hogy ebből mekkora baj lesz!

Már el is kezdett szaladni a nagy ház felé, és az egyik oldal bejáratot szemelte ki. Úgy gondolta, hogy ott valahol megbújik, és amikor Alfréd úr bemegy a házba, ő csendesen eloson. Ezt látta most a legjobb megoldásnak. Oldalra pillantott és látta, hogy Alfréd úr teljes sebességgel leparkol a nagy ház elé, és a kocsi ajtaját is nyitva hagyva szalad utána. Carol azt hitte, hogy menten elájul. Az első gondolata a búvóhelyről már nem tűnt olyan jónak. Berontott a házba, és onnan egy másik ajtón keresztül egy hatalmas konyhába került, ahol Anna éppen az ebédhez készülődött és nagy meglepetéssel szólni akart Carolhoz, de nem tudott, mert Carol már egy másik ajtót nyitott ki.

Pár perc alig telt el, és még nagyobb meglepetésére Alfréd úr szintén berontott a konyhájába. Egy másodpercre megállt, és Annára nézve, kissé lihegve megkérdezte:

– Hol van?

Nem volt annyira dühös, mint ahogy azt Anna várta, de ő csak széttárta a kezét, mint aki nem tudja, hogy miért kérdezi ezt tőle. Alfréd úr nem szólalt meg, csak felemelte a mutatóujját, mint aki azt akarja közölni, hogy „Ezért még számolunk!"

Anna már nem is tudott tovább gondolkodni ezen, mert Alfréd úr ugyanazon az ajtón száguldott tovább, amelyiken Carol. Carol hallotta maga mögött az ajtócsapódást, és még jobban megijedt. Amint a nagy hallba ért, rögtön felismerte, hogy ez volt a bálterem a fesztiválon, de ezen most nem tudott elgondolkodni, mert a további menekülési útvonalat kereste. Hová és merre fusson tovább? Valahol el kellene rejtőznie, de nem látott erre megfelelő helyet. Felnézett az emeletre, és azt látta, hogy Mary kilép az egyik emeleti szoba ajtaján.

Az éppen megfelelő lesz – gondolta, és már rohant is fel a lépcsőn. Ahogy Mary becsukta az ajtót, ő már ott is termett Mary hatalmas meglepetésére, és Carol mögött már csukódott is a szoba ajtaja. Mary ekkor hallotta, hogy valaki fut felfelé a lépcsőn, s még nagyobb meglepetés érte. Mary alig tudott megállni a lábán, Alfréd úr olyan lendülettel szaladt el mellette, és már nyitotta is a szoba ajtaját. Mary nem tudott magához térni a döbbenettől, és az emeletről lenézve azt látta, hogy Anna a földszinten szintén döbbenten nézi az eseményeket. Mary leszaladt hozzá, és kérdőn néztek egymásra.

– Mi történik itt? Mi lesz Carollal, ha Alfréd úr utoléri, ami pedig bizonyos? És egyáltalán, mi az, hogy utol akarja érni? – kérdezte Mary szinte suttogva.

Elkezdtek hallgatózni, hátha meghallanak valamit. Carol már a második szobán volt túl és kilépett az emeleti folyósóra, ahol Anna és Mary látta, hogy éppen Alfréd úr szobája felé veszi az irányt, és oda nyit be hatalmas lendülettel.

Anna és Mary egymásra néztek, és a szájukhoz kapva mondták egyszerre:

– Ebből nagy baj lesz!

Megijedve néztek fel, és kissé elbújva figyelték a fejleménye-
ket. Azt látták, hogy Alfréd úr már biztosra megy, és egy kicsit
lassabban, de annál határozottabb mozdulattal nyit be a saját
hálószobájába.

Na, most megvagy! – gondolta elégedetten Alfréd.

Amikor a kocsiban ülve meglátta, hogy a nő elkezd szalad-
ni a nagy házba, először elfogta a méreg, és gyorsan leparkolva
a kocsit, elkezdett dühösen rohanni utána. Mit képzel ez a nő
magáról? A konyhából a nagyteremben azt látta, hogy a lépcsőn
szalad fel, és benyit az egyik vendégszobába. Ekkor már nem volt
annyira dühös, mert a következő gondolata támadt:

*Milyen nő lehet az, aki ővele ilyen játékot űz? Hogy van ekkora
bátorsága?* – s inkább kíváncsi lett, mint mérges. Amikor pedig
azt látta, hogy az ő hálószobájának ajtaja csukódott be, már tud-
ta, hogy feltétlen meg kell, hogy ismerje őt, akárki is legyen. A
szobája ajtaját már lassabb lendülettel nyitotta ki.

Mégis ki lehet ez?

Amint benyitott, egy újabb meglepetés érte. A nő kissé lihegve, háttal állt előtte, és egyáltalán nem mozdult, hanem teljesen
lekötötte a figyelmét valami.

– Megmondaná, hogy mégis milyen játékot űz velem és hogy
merészel ide bejönni? – kérdezte tőle, és közben a nő mellé állt,
hogy végre megláthassa az arcát. De amint mellé lépett, Alfréd
is megdöbbent, mert felismerte benne Carolt, azt a nőt, akit
már olyan régen keresett.

Biztos, hogy ő az!

Még a szíve is hevesebben ver, márpedig a szíve nem csap-
ja be.

*Őt látta nem olyan régen a városban, Frank mellett is. De mit
keres itt? Hogyan került ide, és miért?*

Elkezdtek kavarogni benne a kérdések, Carol viszont úgy állt
ott, mint akinek földbe gyökerezett a lába. Amint benyitott a
szobába és elkezdte keresni, hogy hova futhatna tovább, hogy
minél hamarabb kijusson a házból, elakadt a lélegzete. Nem is
bírt megmozdulni az eléje táruló látvány miatt.

Mi lehet ez? Én ezt már láttam valahol. A színek még szebbek, mint amire emlékszem. Mégis, mire emlékszem? A színekre és a motívumokra? De miért és honnan?

Nem is érzékelte azt, hogy Alfréd megjelent mellette és kérdéseket tett fel neki. Nem is hallotta meg. Csak állt a szobában, s a színes üvegablakon át beáradó csodálatos fényjátékot nézte. Nem bírt elmozdulni. Talán nem is nagyon akart. Ezt akarta nézni még nagyon sokáig. Így maradni mozdulatlanul, amíg ez el nem múlik. Azt érezte, hogy valami ide köti. Valami emlék. *De mi? Eszembe kellene jutnia!*

Carol nagyon próbált most emlékezni, de nem ment. Egyszerűen semmi nem jutott az eszébe. Csak azt érezte, hogy amit most lát, az nagyon kötődik hozzá.

Tudom és érzem, hogy ezt már láttam valahol. Ismerem! De honnan? Miért nem emlékszem rá?

Gondolataiba mélyedve, lassan megfordult, de se nem látott, se nem hallott. Úgy elment Alfréd úr mellett, hogy nem is hallotta meg azt, hogy ő beszél hozzá.

– Várjon!

Carol lassan, szinte támolyogva kiment a szobából, lement a lépcsőn, ki a nagy házból. Anna és Mary teljes döbbenettel nézték a lassan kisétáló Carolt, akin azt látták, hogy valami nagy dolog történhetett, mert csak mereven ment tovább. Carol így ment a parkon át a kis házig.

Bement a szobájába, és rázuhant az ágyára. Egy darabig meg sem mozdult, csak lehunyta a szemét.

– Szeretnék végre emlékezni! – mondta ki hangosan, és ökölbe szorítva megemelve a két kezét, majd maga mellett ráütött az ágyra.

Alfréd lehuppant az ágya szélére, és ő is elmerengett ezen az egész futáson, az élményen, és azon, hogy végre megtalálta Carolt.

Milyen szép az arca... De itt, ezen a birtokon, az én házamban? Hol volt eddig, és ki ő? Nem lehet az alkalmazottam, az kizárt! De akkor hogyan került ide? Mit keresett az istállóban? Te jó ég! Mi történik itt, amiről én nem tudok?

118

Sok kérdés merült fel benne. Aztán hirtelen felpattant, és kirohant a szobából, le a lépcsőn, ki a házból, futva ért a kocsiig. Az járt a fejében, hogy erre a választ csakis Maggie-től kaphatja meg. A kocsival olyan gyorsan hajtott el, hogy porzott utána az út. Anna és Mary meglepődve és döbbenten figyelték azt, hogy Carol elmélázó távozása után Alfréd úr futva rontott ki a nagy házból. Anna tért magához hamarabb.

– Na, erre inni kell! – és magával húzta a konyhába Maryt a karjánál fogva. Mary még mindig csak visszafele nézett.

– Akkor most mi történt? – kérdezte Annát.

Leültek a konyhaasztalhoz, és Anna tényleg nem viccelt, mert előhozta a tavalyi pálinkát és töltött mind a kettőjüknek egy kis pohárba.

– Ezt csak később fogjuk megtudni. – Koccintottak. – Ezt a nagy ijedelemre! – mondta neki Anna.

– Akkor menjünk tovább a dolgunkra, mert helyettünk nem csinálja meg senki.

Ezzel Mary is egyetértett.

Alfréd, ahogy Maggie házához ért, meglátta Frank kocsiját. *Nagyon jó* – gondolta. *Mind a kettőjükkel tudok beszélni.*

Kiszállt a kocsiból, és a teraszon meglepetten ülő Maggie-hez és Frankhez lépve köszöntötte őket.

– Jó napot! Egy nagyon fontos dolgot szeretnék megbeszélni magukkal, ha nem veszik tolakodásnak.

Maggie hellyel kínálta.

– Kérem, üljön le. Mondja el, hogy miben tudunk segíteni magának.

Alfréd elejétől elmesélte azokat a helyzeteket, amikkel kapcsolatban úgy gondolta és érezte, hogy Carol volt az, akivel találkozott.

– Szeretném megtudni, hogy voltaképpen kicsoda Carol, és miért van a birtokomon? Kérem, mondják el nekem.

Végül is Maggie elmondta Alfrédnak, hogyan talált rá Carolra, és mindent, amit csak megtudtak felőle. Alfréd figyelmesen hallgatta, és most már kezdett tisztábban látni, és kezdte öszszerakni a hiányzó részleteket.

– Ezek szerint Carolnak még mindig nincsenek emlékei – mondta.

Maggie és Frank bólintottak.

– Sajnos még mindig nem kaptam hírt arról, hogy Carolt keresik-e egyáltalán, vagy az eltűnt személyek listáján rajta van-e – mondta neki Frank. – Éppen erről beszélgettünk Maggie-vel, amikor maga megjelent. Nem tudjuk, hogy mitévők legyünk.

Frank elgondolkozva mondta ezt. Alfréd is nagyon töprengett.

– Úgy gondolom, hogy talán nekem nagyobb befolyásom van, és több kapcsolatom. Ha megengedik, akkor megkérem a jóbarátaimat, hogy segítsenek ebben.

Maggie-ék egyetértettek vele.

– Arra is gondoltam, hogy Carol ne dolgozzon a birtokon ilyen körülmények között. Lehet, hogy jól érzi magát, de úgy érzem, és amit elmondtak róla, alátámasztja a meggyőződésemet, miszerint ez nem az ő életéhez való. Valamit ki kell találni, hogy elhozzuk onnan. Valami jó ürüggyel, ami nem lesz neki feltűnő. Mit gondolnak erről?

– Mindenképp így gondolom én is, hogy az a munka nem méltó Carolhoz. De mit mondjunk neki? – Mondta Frank elgondolkodva.

Először Maggie is úgy gondolta, hogy ez egy jó lépés lenne, de utána hogyan tovább?

– Nem, nem – mondta végül. – Szerintem ne bolygassuk most meg. Elég lehet az is neki, hogy ennyire elgondolkodott a mai napon. Azt mondja el nekünk, Alfréd úr, hogy mi az, ami Carolt ennyire meglepte?

Alfréd beszélt nekik arról, hogy kitől és hogyan jutott az üvegfestett ablakhoz, amit Carol döbbenten nézett a szobájában.

Maggie-nek rögtön összeállt a kép.

– Megvan! – kiáltotta, és korához képest szinte felugrott a székből, Alfrédnak pedig nekiszegezte a kérdését:

– Mi a neve a festőnek, aki alkotta azt az üvegfestményt? – Szinte sürgetően kérdezte Alfrédtól. – Mondja már!

Alfréd nem értette Maggie nagy lelkesedését, de elmondta nekik.

– Az üvegfestő neve Kathie Lamberg.

– Ő az! Ő lesz az! – mondta Maggie nagyon lelkesen.

– Jaj, Alfréd úr! Magát a Jóisten küldte ide! Ó, de boldog vagyok! Ránézett Frankre.

– Frank, érted miről beszélek? Neked nem állt össze a kép? A Peter nevezetű férfi volt a balesetnél Carol, illetve Kathie mellett! Érted már?

– Hát persze... hogy ez nem jutott így az eszembe.

Most már Frank is felállt az izgalom miatt, Alfréd pedig próbálta összerakni az eddig hallottakat, hogy ő is jobban megértse.

Közben Maggie bement a házba, és kis idő múlva hozta azokat a festményeket, amelyeket Carol – akit mostantól Kathie-nek nevezünk –, tehát amit Kathie eddig megfestett Maggie-nél.

– Itt van a bizonyíték, hogy Kathie tényleg az, akire mi most már gondolunk.

Megmutatta a képeket Alfrédnak. Ő meglepetten vette észre, hogy a motívumok és a színek hatásai ugyanarra a művészre utalnak, akinek a festményei nála is vannak a nagy házban.

– Igen, ezek csakis Kathie munkái lehetnek – mondta. – De akkor most, hogy ezt tudjuk, hogyan tovább?

Maggie-nek lett egy jó ötlete.

– Nem kell erről szólni senkinek. Egyelőre ez legyen a mi titkunk. Arra kérem, Alfréd úr, mégiscsak nézzen annak utána, hogy a Kathie Lamberg nevű festőművésszel mi van mostanság. De úgy gondolom, hogy nem Petertől kellene ezt megkérdeznie, mert akkor ő gyanút fog. Addig is Kathie hadd legyen a maga birtokán. Ha megtud valami biztosat, kérem, jöjjön el és beszéljük meg, hogy mit tudunk tenni annak érdekében, hogy Kathie visszanyerje az emlékezetét.

Ebben mind a hárman megegyeztek. Alfréd nagy boldogan köszönt el, és a kocsiban ülve már azon kezdett el gondolkodni, hogy az ismerősei közül ki lenne a legalkalmasabb és a legmegbízhatóbb ahhoz, hogy Kathie felől kérdezősködjön. Nem akarta magára vonni a figyelmet.

Boldog volt azért is, mert Kathie-t ott tudhatta a közelében... az ő birtokán van!

Hát ez hihetetlen! Sosem gondoltam volna, hogy ilyen közel voltam hozzá több alkalommal is! Mégsem hallgattam elég jól a szívem jelzésére. Ezentúl másképp lesz! Oh... elfeledkeztem a Klarice-szal való eljegyzésemről. Ezt még meg kell oldanom. Hogy mondjam el a nagymamának? Nem mondhatom azt neki, hogy egy olyan nőt kedveltem meg, aki elveszítette az emlékezetét! Valamit ki kell találnom arra, hogy Kathie minél hamarabb visszanyerje az emlékeit.

Miközben ezen gondolkodott, felkereste az egyik jó barátját. Megbeszélték, hogy titokban segít Alfrédnak ebben az ügyben.

Amint a birtokra visszaért, arra gondolt, hogy milyen jó lenne látni Kathie-t. Máris erősebben kalapált a szíve. Elmosolyodott, és a szívére tette a kezét.

– Jól van, ne aggódj, hamarosan minden megoldódik és Kathie-vel együtt tölthetem a napjaimat.

Elment az istállóhoz, hogy megnézze a nem olyan régen vásárolt csikó lovát. Persze egy kicsit abban is reménykedett, hátha megláthatja Kathie-t.

Vajon most hol lehet, és hogyan érzi magát? Jó lenne beszélgetni vele, és jobban megismerni őt. Csak nagyon, nagyon óvatosan, nehogy valamit is megsejtsen.

Az istállóban nem találkozott, csak Roberttel. Úgy gondolta, hogy sétál egyet a parkban. Legalább kiszellőzteti egy kicsit a fejét. Nagyon szerette a parkot, ezt még a szülei álmodták meg olyanra, amilyennek jelenleg is látható.

„Minden él és mozog, mindennek teret kell adni, főleg a szépségnek és a csodáknak. Olyannak, mint amilyennek a Jóisten megalkotta."

Erre jól emlékezett, mert nagyon sokszor elmondta neki az édesapja. Ezt nem lehet elfelejteni. Mindig is azon igyekezett, hogy a parknak fenntartsa azt az állapotát amilyen gyerekkorában is volt. Lassan a kedvenc helyéhez ért. A parknak ezt a részét szerette a legjobban. Ide ment akkor is, amikor a szülei meghaltak, itt nyugodtabbá vált a szíve. Ezen a helyen valahogy jobban el tudja engedni a gondjait. Végre odaért a kis patakhoz. De hirtelen megállt, mert a patak partján ült egy nő, aki éppen nagyon el volt foglalva valamivel.

Mit keres itt? Egyáltalán, honnan tud egy idegen arról, hogy itt van ez a csodás patak? Egy idegen az én búvóhelyemen? Biztos, hogy nem ismeri a birtokon lévő szabályokat, különben nem merte volna ide betenni a lábát! Mindjárt jól felvilágosítom! A nő háttal ült neki, így nem láthatta az arcát. Ahogy közelebb ért, el is kezdte a mondandóját jó hangosan. Alfréd azt gondolta, hogy jól rá fog ijeszteni, hogy legközelebb még véletlenül se gondolja azt, hogy idetéved.

– Jó napot kívánok! Maga mit keres itt?

Alfréd örömmel vette észre, hogy a nő tényleg jól megijedt, mert meg sem mert mozdulni. Alfréd mellé ért, és ránézve nagyon meglepődött. A nő nem volt más, mint Kathie. Kathie nem mert még rá sem nézni, úgy mondta nagyon halkan neki:

– Elnézést kérek, Alfréd úr. Máris összepakolok, és már itt sem vagyok.

Kathie elkezdte a festékeit összeszedni egy szép kis dobozba, közben olyan ideges lett, hogy többször is kiesett az ecset a remegő kezéből. Ahogy Alfréd a meglepetésből feleszmélt, elkezdte mutatni neki, hogy csak maradjon. Majd leült tőle éppen csak pár lépésre, hogy meg ne ijessze még jobban Kathie-t. Most már azon pörögtek a gondolatai, mit is mondjon neki, hogy maradásra bírja.

– Ne haragudjon, maradjon csak, ameddig akar. Azt gondoltam, hogy egy idegen tartózkodik itt, aki nem tartozik a birtokhoz. – Rámosolygott Kathie-re, hogy még jobban érezze, hogy tényleg így is gondolja.

– Kérem, maradjon! Maga a birtokhoz tartozik, hiszen találkoztunk már korábban is, és a birtokon dolgozik. Nemde?

Kathie alig mert ránézni, úgy kérdezte meg tőle.

– Nem haragszik rám a reggeli futás miatt? Tudja, nagyon megijedtem, mert úgy tudom, hogy nekem még a nagy ház közelében sem lehet tartózkodnom, nem hogy a nagy házban. De amikor megláttam magát, hirtelen nem is tudtam, hogy mit csinálok.

– Már nem haragszom – mondta Alfréd megkönnyebbülve. Végigfeküdt a zöld fűben, lehunyta a szemét és örömmel nyugtázta:

Ezek szerint marad...

Arra gondolt, hogy annyira jól érzi magát Kathie közelében, mint még soha. Kathie most mert ránézni, és egy kicsit megfigyelni őt.

Hogy lehet az, hogy nem haragszik rá a reggeli incidens miatt, most pedig nem zavarta el és maradásra kérte, pedig igencsak mérgesen köszöntötte őt?

Jól meg is ijedtem. Attól is, hogy már megint elébe kerültem. De most ez elég furcsa. Csak úgy, hirtelen, nyugodtan lefeküdt a fűbe és már nem is haragszik rám? Itt van tőlem pár lépésre. Ez eléggé érthetetlen.

Kathie jobban megnézte a lehunyt szemmel fekvő férfit, és azt állapította meg, hogy nagyon jóképű.

Alfréd kinyitotta a szemét és örömmel vette észre, hogy Kathie őt nézi. Kathie pedig elkapta a tekintetét, mert meglátta, hogy jól rajtakapta a férfi.

– Megkérdezhetem, hogy éppen mit csinál? – kérdezte Alfréd, miközben felült és a festékekre mutatott. Teljes bizonyítékot kapott arra, hogy Kathie az a festőművész, akinek most már kettő festménye is van az ő házában, és ezek közül az egyik a hálószobájában, amit tulajdonképpen Kathie is felismert, csak még nem tudatosan.

Valahogy nagyon sajnálom, hogy nem mondhatom el neki, hogy kicsoda is ő valójában. Az lenne az igazi, ha újra emlékezne, az nem lenne neki olyan trauma, mint az, hogy „tessék, szembesülj ezzel, mert ez a te életed". Ismerje meg újra a barátait, a szüleit, a munkáját... Nem fogja úgy élni az életét, mint korábban tette. Emlékeznie kell! Mindent megteszek, hogy ez minél hamarabb megtörténjen!

Hosszasan elgondolkodott ezen, de Kathie sem válaszolt egyből az ő kérdésére, mert igazán nem is tudta, hogy mit válaszoljon.

Mit mondjak neki? Festegetek? Ez kellemetlen.

Aztán mégiscsak megszólalt:

– Megpróbálom megfesteni ennek a gyönyörű pataknak a vizét, ahogyan csobogva folyik. Nagyon magával ragadó – mondta végül.

Alfréd bólintott.

- Tudja, nekem ez a kedvenc helyem. Ide vonulok el, ha egy kis időre szeretnék egyedül lenni. Itt, ezen a helyen a patak vizének frissítő illata és csobogó hangja mindig megnyugtat. Maga hogyan talált rá erre a helyre? Közben Alfréd egyre jobban megnézte Kathie-t, akin látta, hogy kissé zavarba jön. Alfréd ezen elmosolyodott.

- Sétáltam a parkban, és egyszer csak meghallottam a víz csobogását. Alig akartam hinni a fülemnek, hogy tényleg egy patak lehet a közelben. Nagyon megörültem annak, hogy rátaláltam. Most pedig azért vagyok itt, hogy megfessem, mert szerettem volna én is egy kicsit megnyugodni és kikapcsolódni a délelőtt történtek miatt. Nagyon felzaklatott az a festett üvegablak, amit a szobájában láttam.

Kathie-nek hirtelen az jutott az eszébe, hogy nem mondhat többet. Nem mondhatja meg Alfréd úrnak azt, hogy ő nem emlékszik semmire.

Nem maradhatok itt tovább! Még a végén elkezd faggatni a szüleimről, és mindenféle kérdéseket fog feltenni. Mit mondok majd neki? Innen el... de gyorsan!

Sietve elkezdte pakolni a festékeit és a többi holmit.

- Én most itt hagyom magát, nem zavarom tovább. Jobban tud pihenni, ha én nem vagyok itt - mondta nagyon gyorsan. Alfréd megijedt. Elkezdett visszagondolni arra, amit eddig mondott Kathie-nek.

Én mondtam valamit, amivel megijesztettem? Vagy nem?

- Nem zavar. Maradjon még, ha szeretne - próbálta Alfréd marasztalni. Kathie nagyon hamar összepakolt, és már ment is.

- Köszönöm, hogy itt lehettem.

Már meg is fordult és elsietett. Alfréd sajnálkozva nézett utána.

Végül is... nem baj az, hogy most elment. Lehet, hogy még bizonytalan. A lényeg az, hogy most már tudom, hogy ki ő, és itt van a közelemben.

Alfréd lefeküdt a fűben, és mosoly közben becsukta a szemét.

Minden a lehető legjobban fog alakulni. Tudom.

Amikor Alfréd visszaért a házba, már többen is várták a nagy hallban. A nagymama, Klarice és a szülei. Meglepődve kérdezte a köszöntésük után:

– Valamit elfelejtettem? Minek köszönhetem ezt a látogatást? Tudtommal már mindent megbeszéltünk az eljegyzéssel kapcsolatban, vagy nem? Hallgatlak nagymama – mondta Alfréd.

– Minden rendben van, Alfréd. Arra gondoltunk, hogy meglepünk téged azzal, hogy rendezünk egy elő-eljegyzési partit a barátainknak. A hivatalos eljegyzésen viszont csak a szűk család venne részt. Mit gondolsz erről?

Alfréd arra gondolt, hogy ha most nemet mond, azzal csak bajt hozna a fejére. Nem volt kedve az eljegyzéshez, különösen most már, hogy előkerült Kathie, és annyi mindent megtudott róla. Biztos volt abban, hogy a nagymamának is jobban tetszene Kathie, mint ez a Klarice. Végül mosolyogva mondta ki:

– Persze, ez egy nagyszerű gondolat. Mikorra tervezitek?

Klarice anyukája válaszolt erre nagy lelkesedéssel, mivel nagyon boldoggá tette az a tudat, hogy a lányának egy ilyen gazdag, jómódú és jó tulajdonságokkal rendelkező férfi lesz a férje. Ráadásul nagyon is jó kiállású férfi. A lehető legjobb parti, akit csak elképzelhet a lányának.

– Drága Alfréd, arra gondoltunk, hogy a hivatalos eljegyzés előtt egy héttel tarthatnánk meg itt, nálad, ezen a gyönyörű birtokon, ha te ezt nem bánod és jónak véled. A hivatalos eljegyzést pedig meg lehetne tartani a mi birtokunkon. Mit gondolsz?

Alfréd egyelőre nem bánta ezt a dolgot. Úgysem fogom elvenni feleségül Klarice-t. Csak még kapjak egy kis időt, hogy Kathie-nek meglegyenek az emlékei.

– Rendben van. Akkor szeretném majd megkapni tőletek a vendéglistát. A többit pedig majd én elintézem.

Klarice láthatóan szintén nagyon boldog volt.

Eljegyzés, és még más

Kathie-nek semmi kedve nem volt ahhoz, hogy ő is felszolgáljon az Alfréd úr eljegyzési partiján. Nagyon pipa volt. Nem is tudta megmondani, hogy igazán miért. Úgy érezte az eljegyzési hír hallatán, mintha megcsalták volna. *Tisztára dilis vagyok! Miért érzem ezt? Hiszen semmi közöm nincs Alfréd úrhoz.* A szobájában fel-alá járkált, olyan ideges lett. Már felöltözött a fekete-fehér egyenruhába, csak a kis fehér kötény hiányzott róla. Végignézett magán.

– Mekkora különbség van köztünk! – Közben a kezével a nagy ház felé mutatott. – Ő ott, én meg itt! Mit csinálhatnék? Kiabáljam el neki?

Tölcsért csinált a kezéből, és a képzeletbeli nagy ház felé fordult. Úgy csinált, mint aki kiabál.

– Nekem is nagyon tetsziiiik, és legyen olyan kedves, engem válasszooon!

A további zsörtölődést már rendes hangon folytatta.

– Én is el tudnék fogadni egy eljegyzési gyűrűt tőle. Mondjuk, pont itt! Ezen az ujjamon! – Kinyújtotta a bal kezét, és rámutatott a gyűrűsujjára.

Nem akarok odamenni! Mi lenne, ha beteget jelentenék? Lehet, hogy az már késő? Lehuppant a karosszékbe, és úgy nézett mélabúsan maga elé.

– Ezt nem fogom kibírni! Mi lesz velem? Ott fogom látni őket a vacsora közben, egymásra fognak mosolyogni, vacsora után pedig együtt fognak táncolni, és így tovább. Nekem pedig ezt végig kell majd néznem. Nem akarooom!

Kathie teljesen kikészült ettől az estétől. A tehetetlenség nagyon rosszul érintette.

– A nő biztosan szép, gazdag és okos. Hurrááá! Esélyem sincsen!

Ránézett a faliórára.

– Mindjárt indulnom kell – sóhajtott egy nagyot. – Ez bizony hosszú és fájdalmas este lesz. Még jó, hogy nem kell a vacsora végét is megvárnom.

Nagyon kedvetlenül indult el a nagy ház felé. Egyre több vendég érkezett.

Már megint nagyon sokan lesznek – gondolta Kathie. *Jó nagy parti lesz.*

– Benyitott a konyhába, ahol az egyre nagyobb nyüzsgés fogadta. Megkereste Annát, hogy rávegye, őt inkább a konyhába helyezze el segítségnek, ne pedig a felszolgáló lányok között. Amikor megtalálta Annát, az nagyon elfoglalt volt. Most is ő vezette az egész este lebonyolítását, hogy minden gördülékenyen menjen. Kathie aközben mondta a mondandóját, ahogy Annát követte, mert Anna nem állt meg egy pillanatra sem, folyton utasításokat adott ide-oda. Mindent meglátott, ami esetleg nem úgy volt, ahogyan azt ő elképzelte.

– Drága Carol, én most erre nem érek rá! Hogy gondolod azt, hogy most, az utolsó pillanatban cseréljelek le egy konyhalánnyal?

Majd hirtelen megállt, megfordult és Kathie-re nézett.

– Csak nem vagy beteg? – kérdezte tőle.

– Nem. Nem vagyok beteg, csak egyszerűen nem szeretnék most a nagy tömegben ide-oda járkálni. Kérlek, Anna, cserélj le!

Anna úgy ment tovább, mint aki meg sem hallotta, hogy Kathie mennyire kérleli. Szeme már teljesen máshol járt. Úgy kiáltotta az egyik felszolgálónak:

– Várj csak, hová viszed azt a tálca hidegtálat?

Kathie már nem ment utána, mert úgy látta, hogy ennek semmi értelme. Azon kezdett gondolkodni, hogyan oldhatná azt meg, hogy minél kevesebbet láthassa Alfréd urat és a kedves aráját.

Mi lenne, ha inkább visszamennék a kis házhoz? Nem is vennék észre, hogy nem vagyok itt.

Miközben ezt gondolta, az egyik felszolgáló férfi már egy pezsgőspoharakkal teli tálcát nyomott a kezébe.

– Miért ácsorogsz itt? Nem tudod azt, hogy mi a dolgod? – kérdezte Kathie-t csodálkozva, de nem mérgesen. Közben rákacsintott.

Már csak ez hiányzott!
Kicsit furcsán nézett a férfira, de nem a tálca ital, hanem a kacsintás miatt.

Ezt a férfit jól elkerülöm – gondolta, és el is indult a másik irányba, hogy pezsgővel kínálja a vendégeket. Már a harmadik tálca italt vette el az asztalról, de megnyugodva vette tudomásul, hogy eddig még nem látta a házigazdát a kedves jegyesével.

Lehet, hogy a kedves ara meggondolta magát! Ez lenne az igazán jó hír! – ábrándozott Kathie. Odalépett a legközelebbi beszélgető csoporthoz.

– Kérem, vegyenek egy pohár pezsgőt – kínálta őket. Az egyik férfi, ahogyan megfordult és két pohár pezsgő után nyúlt, ránézett Kathie-re.

– Köszönöm – mondta neki Alfréd úr, és egy leheletnyi mosoly volt az arcán. Kathie-t ez annyira meglepte, hogy zavarában azt sem tudta, hogy hova nézzen. Alfréd úr pedig a másik pohár pezsgőt a mellette álló, szép nőnek nyújtotta.

– Tessék, kedves Klarice.

Majd Alfréd úr csendet kért. Elmondta, hogy miért is gyűltek itt össze, és megköszönte mindenkinek a jelenlétét, a vendégek pedig nagy taps közepette üdvrivalgásban törtek ki. Közben Kathie megpróbált lassan hátrálni, minél messzebbre húzódni, majd megfordult és elindult a konyha felé. Egyre inkább elgondolkodott azon, hogy nagyon nem jók az érzései Alfréd urat illetően.

Biztosra vehetem azt is, hogy nem sejti, hogy én vagyok az a nő, akivel olyan bensőségesen táncolt a Tavaszi Fesztiválon.

A szívében nagy fájdalmat érzett. Az este folyamán igyekezett úgy helyezkedni és felszolgálni, hogy minél kevesebbet láthassa az ifjú párt. Próbálta palástolni szomorúságát.

Ugyan, ki értené meg?

A nyitó táncnál még látta őket. Pár óra múlva megkereste Annát és elmondta neki, hogy nem érzi jól magát, és visszamegy a kis házhoz, ha nem gond.

– Menj, és pihend ki magad – mondta neki Anna. – Remélem, nem leszel beteg.

Anna már ment is a dolgára. Kathie nagyon örült annak, hogy nem kell tovább itt lennie. A kötényét letette az egyik székre, és már indult is ki a házból. Úgy döntött, hogy a parkon keresztül megy át a kis házig. Már valamivel távolabb járt, amikor a háta mögött... megfordulni sem volt ideje.

Az eljegyzési parti közben Alfréd már alig várta, hogy egy kis időre elszakadjon a vendégektől és Klarice-tól. Friss levegőt akart szívni.

Végre egy kis nyugalom! – gondolta, mert a házon kívül nem volt senki. A teraszon állva elgondolkozva nézte a parkot. Egész este Kathie járt a fejében. Pár alkalommal látta, amint felszolgál. Próbálta nem követni a tekintetével.

Hogyan tovább? Ki kell találnom valamit, hogy egy kicsit lassítsam az eseményeket, amíg Kathie emlékei visszatérnek. Még mindig semmi hír! Kezdek aggódni!

Egyszer csak meglátta Kathie-t, amint a parkon át egyre távolabb kerül a háztól. Gondolt egyet és utánaszaladt, hogy utolérje. Amint odaért hozzá, hirtelen gondolattal megfogta a karját és az egyik nagy bokor mögé húzta. Azzal a lendülettel átfogta a derekát és hosszan megcsókolta. Kathie majdnem öszszeesett, annyira meglepődött.

Most akkor mi van? – Kathie nem értette mi történik.

Alfréd a csók után mámoros tekintettel ránézett, és csak annyit tudott mondani kissé mosolyogva:

– Kérem, bízzon bennem! – Ezzel lassan elengedte Kathie-t, és visszaindult a nagy ház felé.

Alfréd olyan boldog volt, mint még soha.

Ez a nő... csodás! Kathie lesz a feleségem!

Közben felnézett az egyre sötétedő, dörgő égre, amelyből egyszer csak hirtelen zuhogó nyári zápor hullott alá. Alfréd ezt is mosolyogva és örömmel vette, kitárta a két karját, az égre nézett, és közben forgott. Örömében felnevetett.

– Juhé!

Olyan boldogság töltötte el, hogy egyáltalán nem érdekelte az, hogy pár perc alatt csuromvizes lett. A nagy házba érve a csuromvizes ruhában keresztülhaladt a csodálkozó vendégeken.

Felszaladt a lépcsőn, a szobájába ment és átöltözött. Ezután, még mindig boldog mosollyal az arcán, visszatért a vendégeihez. A csók után Kathie alig tért magához. *Ez a hirtelen csók... Miért történt? Mit is mondott?* Ahogy Alfréd úr után nézett, egyszer csak megérezte a nyári záport az arcán. Elkezdett szaladni a parkon át a kis házhoz. Csuromvizes lett. Amint beért a házba, a fürdőszobába ment és gyorsan meleg fürdőt vett. Miközben az ágyában feküdt, Alfréd úr járt az eszében, és az, amit tett és amit mondott. *Nem mintha nem lennék nagyon, de nagyon boldog, csak nem értem. Lehet, hogy összetévesztett valakivel? Reggel felébredek, és kiderül, hogy az egészet csak álmodtam. Hmm... Szép álom.* Ezzel a gondolattal aludt el.

Csalódás

Mary is rengeteget dolgozott azon, hogy a nagy ház úgymond „csodálatosan szép legyen", mint ahogyan Anna kérte ezt mindenkitől.

Persze, egy eljegyzési parti az Alfréd úrnak! Ezt is megértük! Milyen is lehetne? Nagyon szép lesz. Rengeteg vendéggel. De sajnos a vendéglistán nem találtam Peter nevét.

Ezek a gondolatok jártak a fejében. Meg persze az, hogy Peter elég régen nem jelentkezett. Mi történhetett vele?

A következő vendégszobába ment, de már csak azért, hogy ellenőrizze, hogy minden rendben van-e. Körbenézte a szobát. Az ágy szépen vetve, a függöny elhúzva, nincs por a szekrényeken, friss virág a vázában. Benézett a fürdőszobába is. Törölköző a helyén, a tisztálkodószerek vadonatújak. Minden rendben. Minden fénylik. Nagyon elégedetten csukta be a fürdőszoba ajtaját.

Éppen ki akart menni a szobából, amikor valami szokatlanra lett figyelmes. A falon meglátott egy képet. Visszacsukta az ajtót, és csodálkozva, lassan ment közelebb a képhez, hogy jobban szemügyre vegye.

– Ez nem lehet igaz... – Teljesen elképedt. – Ez az üvegre festett kép... ez mikor kerülhetett ide?

A felismeréstől majdnem összecsuklott. Meg kellett kapaszkodnia a mellette lévő székben és lassan leült, miközben egyre csak a képet nézte. Most már biztosan tudta, hogy Peter hozta ezt a képet az Alfréd úrnak.

Mégis mikor hozhatta?

Elkezdett visszagondolni arra, hogy hallotta-e a napokban a csengetést, hogy vendéget fogadott volna Alfréd úr. De nem emlékezett rá.

Ez hihetetlen! Meg sem próbált megkeresni!

Marynek elkezdtek potyogni a könnyei, akkora fájdalmat érzett.

Most mitévő legyek?

Letörölte a könnyeit.

Valamilyen megoldást kell, hogy találjak! De mit? Itt nem maradhatok! Még szerencse, hogy gyűjtöttem egy kis pénzt, de az nem lesz elég!

Felállt a székből, és elindult a saját szobája felé. Leült az ágya szélére és azon gondolkodott, hogyan tovább.

Valamit tennem kell, mert kisbabát várok, és ez a kisgyermek Peter gyermeke.

Közben finoman a hasára tette a kezét.

Meg sem tudom neki mondani, hogy apuka lesz! Pedig menynyire bíztam abban, hogy boldogan fogadja majd ezt a nagy hírt! Azt reméltem, hogy elvisz majd innen, és együtt fogjuk felnevelni a gyermekünket! De most mit tegyek?

Megvárom ennek az estének a végét, mert ez egy nagyon jó pénz, aztán keresek valami más munkát. A gyermeket pedig majd én felnevelem.

Mary sóhajtott egy nagyot.

Erős vagyok! Azért sem fogok kétségbe esni!

Felállt, letörölte könnyeit és most már határozottan ment tovább a dolgára.

Minden átalakul

Kathie, amint elhagyta a Maggie házát és már a buszon ült, hogy visszatérjen a birtokra, elmerengve nézte a tájat.

Ez nagyon különös. Miért viselkednek olyan titokzatosan? Frank és Maggie ugyanis arra kérte Kathie-t, hogy a hétvégén utazzanak el közösen egy tőlük nem messze lévő városba. Hozzon magával egy nagyon szép ruhát, mert egy különleges helyre fognak menni.

Az rendben van, hogy elmennek együtt egy szép helyre, de miért nem lehet elmondani azt, hogy mégis hová? Nem értem ezt a titkolózást. Mit jelent az, hogy szép ruhát vigyek magammal? Szép ruha? Ha legalább tudnám, hogy hová megyünk, akkor talán azt is tudnám, hogy milyen szép ruhát vegyek fel, ami arra az alkalomra illő, vagy arra a helyre való. Rendben. Akkor inkább több ruhát is elviszek magammal, és majd Maggie kiválasztja a legmegfelelőbbet. Ez lesz a legjobb. Az már biztos, hogy nagyon igyekeznek meglepni engem.

Kathie most már mosolygott. A birtokhoz ért és arra gondolt, hogy Alfréd urat nem is nagyon látta az óta az eljegyzési parti óta. Talán egy-két alkalommal, amikor elment reggel a kocsijával, és egyszer, amikor késő este érkezett vissza.

Mit jelent az, hogy bízzak benne? Mit akart ezzel mondani? Éppen nekem? Na és az a váratlan csók? Még ez is egy rejtély!

A hét eltelt a szokványos dolgokkal. Csak az volt még nagyon különös Kathie számára, amikor Anna azt mondta neki egyik nap, a kiskonyhában ebédelve, hogy Mary elment a birtokról, és még el sem köszönt.

– Te tudtál arról, hogy el akar menni? – kérdezte Anna.

– Nem. Nekem nem mondott semmit – rázta a fejét Kathie. – Pedig még pár hete találkoztam vele. Eljött hozzám beszélgetni. De nem említett semmi ilyesmit.

Anna leült vele szemben a székre, és elgondolkozva mondta neki:

- Talán már van két hónapja is annak, hogy egyik alkalommal, amikor beszélgettem Maryvel, nagyon boldogan mondta, hogy találkozott egy Peter nevű férfival, és hogy nagyon megszerették egymást. Több alkalommal is találkozott vele. Neked említette ezt?

- Nem. Egyáltalán nem mondta – válaszolta csodálkozva Kathie.

Anna tovább fejtegette a dolgokat Maryről.

- Ha boldog volt és úgy ment volna el, akkor biztosan elbúcsúzott volna örömében. De nem ezt tette. Ezért azt gondolom, hogy valami olyan dolog történt, amit nem akart megosztani velünk. Kathie is nagyon meg volt lepődve. Mi történhetett Maryvel? Majd megkérdezi Maggie-éket, hogy tudnak-e róla valamit.

Amikor Kathie elment Maggie-hez a hétvégén, a szobájában lévő ágyra kiteregette azokat a ruhákat, amelyekről azt gondolta, hogy talán elég szépek ahhoz, hogy valamelyikben elmenjen arra a bizonyos titokzatos helyre.

- Maggie, arra kérlek, hogy válaszd ki a legmegfelelőbb ruhát holnapra! – mondta Maggie-nek, aki egy kis gonddal szemlélte meg a kiterített ruhákat.

- Rendben – mondta végül. – Ez lesz a legjobb – mutatott az egyikre.

Kathie félretette, és a többi ruhát elrakta a szekrényébe.

- Jól van. Nekem is ez a ruha tetszik a legjobban – mondta elégedetten Kathie. – Mikor indulunk?

Maggie ránézett, és egyszer csak váratlanul átölelte.

- Boldog vagyok, hogy itt vagy! – mondta neki.

Kathie is átölelte őt, csak azt nem értette, hogy éppen pont most, miért is? Nincsen semmi különös a mai napban. Nem először van itt Maggie-nél. Mi történt?

- Maggie, minden rendben van? – kérdezte meg tőle.

- Persze drágám, egy cseppet se aggódj. Jó éjszakát kívánok neked – ezzel nyomott egy puszit az arcára, megsimogatta a haját és ki is ment a szobából.

- Ez különös – mondta ki Kathie. – És még meg sem tudtam, hogy mikor indulunk reggel! Most már nagyon kíváncsi vagyok a holnapi napra! Vajon mit tartogatnak a számomra?

Lefeküdt aludni, és még egy ideig elgondolkodott a vele történt eseményeken, amiket mostanában átélt. Alfréd úr váratlan viselkedése; Maggie-ék különös titokzatossága; Mary eltűnése.

– Tényleg, ezt még meg sem kérdeztem Maggie-től – mondta hangosan. – Bizonyára mindenre hamarosan fény derül.

Lassan álomba merült, és azt érezte közben, hogy milyen jó újra itt lenni Maggie-nél...

Másnap korán reggel Maggie ébresztette fel Kathie-t.

– Kelj fel, Kathie. Hamarosan indulunk.

– Ilyen sem történt velem – lepődött meg Kathie. Majd gyorsan felkelt és még pizsamában benyitott a konyhába, hogy elkészítsen egy kávét, de Maggie már a konyhában várta.

– Olyan messzire megyünk, hogy ilyen korán kellett kelni? – kérdezte csodálkozva. De már mosolygott is, amint meglátta Maggie arcát, mert ragyogó mosollyal mondta neki:

– Itt van a kávéd. Jól aludtál?

Maggie-n nem is látszott az álmosság nyoma sem, olyan üde volt.

Jól kezdődik ez a nap – gondolta Kathie.

– Köszönöm, Maggie, a kávét. Amúgy pedig, nálad mindig nagyon jól alszom. Sokszor hiányzik az itteni élet veled. – Ezt nagyon is őszintén mondta. Egyszer csak kopogtattak az ajtón.

– Jó reggelt! – hallották Frank hangját. Kathie meglepődött, gyorsan megitta a kávét, és már szaladt is a fürdőszobába rendbe szedni magát és átöltözni.

Ennek a korai indulásnak a fele sem tréfa, ha már Frank itt is van!

Gyorsan meg is volt az öltözködéssel. A nappaliban már várták őt.

– Indulhatunk, hölgyeim? – kérdezte mosolyogva Frank.

Maggie még egyszer körülnézett a házban, nehogy valamit itthon hagyjon, ami még fontos lehet.

– Mehetünk – mondta, és bezárta a házat. A kocsiban Maggie és Kathie a hátsó ülésen együtt ültek. Mind a hárman beszélgettek mindenféléről, majd egy kis idő múlva Kathie-nek eszébe jutott Mary.

– Szeretném megkérdezni tőletek, hogy tudtok-e valamit Maryről, mert a munkáját felmondta, és a birtokról köszönés nélkül elment. Anna sem tudja, hogy hová ment.

Maggie és Frank is csodálkozva néztek Kathie-re.

– Mi bizony nem tudunk semmit. Ez nagyon szokatlan még Marytől is – mondta Maggie. – Majd megkérdezem a húgomat. Lehet, hogy hazaköltözött valamiért.

A város, ahova igyekeztek, messzebb volt, mint ahogyan azt Kathie gondolta. Olyan tájakon mentek keresztül, amit Kathie eddig még nem látott – vagy legalábbis nem emlékezett rá.

– Messze van még? – kérdezte, közben gyönyörködött a tájban. Kanyargós utakon vezette az autót Frank. Fák övezték az egész út mentét, mind a két oldalon. Majd kikerültek egy hegyekkel-völgyekkel teli útszakaszra.

– Nagyon szép – mondta Kathie. – Ha csak itt megállunk valahol és csodáljuk a tájat, nekem már ez is elég! Az sem baj, ha nem megyünk innen tovább! – lelkendezett, és nem győzte magába szívni a táj szépségét, hogy az emlékeibe vésse.

– Hamarosan ott vagyunk – mondta Frank. Eltelt még kb. félóra, mire beértek a várva várt városba. Lehetett érezni azt, hogy a város még szinte alszik, mert nincs olyan nagy nyüzsgés, mint ahogyan azt várta.

Persze, hétvége van – gondolta. A város központja felé érve elmentek egy csodálatosan nagy park mellett, amit Kathie tágra nyílt szemekkel nézett, de nem szólt semmit. Maggie-ék is észrevették ezt, és egymásra néztek. Majd megérkeztek az úticéljukhoz. Frank leparkolt a nagy épület előtt.

– Úgy gondolom, hogy időben megérkeztünk.

Kathie csak nézett rá.

Mit jelent az, hogy időben?

De ezt már nem mondta ki hangosan, mert ahogyan kinyitotta a kocsi ajtaját, tekintete a ház lépcsőjéről felfelé haladva az épület egészét belátta. Valami nagyon jó érzés töltötte el.

Én már jártam itt – gondolta. Csodálkozva nézett Maggie-ékre.

– Hol vagyunk? – kérdezte.

– Majd meglátod! Csak menjünk be – mondták neki szinte egyszerre, mosolyogva. Kathie már így is mindent gyanúsnak talált, de most még inkább annak érezte.

Itt valami nagyon készül!

Most már nagyon kíváncsi volt. Abban biztos volt, hogy a titokzatosság tárgya ebben az épületben van. Az is érdekes volt számára, hogy az épület is ismerősnek tűnt neki. Felmentek a lépcsőn. Frank kinyitotta előttük a nagy, díszes ajtót. Egy folyosóra értek, ahol a falakon mindenféle hatalmas plakátokat látott különböző tárgyakról. Mindegyiken az volt olvasható nagy betűkkel: „Kiállítás", és különböző időpontok. Ahogy a folyosón haladtak egyre beljebb az épületbe, Kathie csak nézte ámulattal hol az egyik plakátot, hol a másikat. Egyszer csak megálltak egy hatalmas ajtó előtt, amely felett nagy betűkkel az volt kiírva: „KATHIE LAMBERG FESTŐMŰVÉSZ KIÁLLÍTÁSA". Kathie megállt, és felfelé nézve olvasta el hangosan. Némileg elgondolkodott rajta, de nem igazán érzett semmit.

Jó. Bizonyára ezért jöttünk, hogy ezt megnézzük – gondolta.

Maggie és Frank Kathie mögött haladtak, és egymásra néztek bizakodóan. Ahogy beléptek a terembe, egyre beljebb érve Kathie elkezdett teljesen ámulatba esni. Egyik képről a másikra nézett, és valami nagyon furcsa, ismerős érzés töltötte el. Hasonlóképpen érezte magát, mint amikor Alfréd úr házában meglátta azt a gyönyörű, festett üveg ablakot. Ahogy egyre többet és többet látott, elkezdett szédülni, elkezdett forogni vele a terem... valami megváltozott benne. Egyszer csak megszólalt a háta mögött egy ismerősnek tűnő női hang, nagyon halkan:

– Kathie ...

Kathie-vel már így is forgott a világ a látottaktól, de ez a hang még inkább meglepte. Lassan megfordult, hogy láthassa, ki lehet az. Ahogy belenézett az őt megszólító nő könnyes szemébe, neki is könnybe lábadt a szeme...

– Anya? ... – Kathie ettől a felismeréssel elszédülve ájultan csuklott össze.

Minden megváltozik

Amikor Alfréd megérkezett nagy boldogan a nagymama birtokára, azon gondolkodott, hogyan is mondja el igazán kíméletesen a nagymamának, hogy az eljegyzését Klarice-szal azonnali hatállyal felbontja.

Remélem, a nagymama megértő lesz. Habár, ezt erősen kétlem. Belépett a nagy házba és megkérdezte a komornyikot, hogy merre találja a nagymamát.

– Erre parancsoljon, uram – majd kivezette a hátsó kertbe. A nagymama egy újságot olvasott, és nagyon meglepődött Alfréd láttán. Alfréd köszöntötte, leült vele szemben, és teát töltött magának. Aztán úgy gondolta, hogy minden kertelés nélkül elmondja jövetele okát. A nagymama nem fogadta kitörő örömmel a hírt.

– Mégis hogyan gondolod ezt, Alfréd? Már nem lehet csak úgy visszamondani egy ilyen nagyszabású rendezvényt! Mit fognak gondolni rólunk a barátaink, az üzleti élet, az alkalmazottaink?

Alfréd próbálta őt megnyugtatni, mert látta, hogy a nagymama nagyon fel volt háborodva.

– Nézd, nagymama. Meg fogok nősülni, csak nem azt a nőt fogom elvenni feleségül, akit eljegyeztem. A szertartás is meglesz annak rendje-módja szerint. Csak a menyasszony lesz más! Mire az emberek felocsúdnak a meglepetésből, addigra én már nős ember leszek. Te pedig nagy örömmel várhatod a dédunokákat. Egyébként, ha már itt tartunk – Alfréd nyugodtan hátradőlt a karosszékben –, tudtad-e azt, hogy Klarice nem is akart gyerekeket?

A nagymama egy darabig elgondolkodott azon, amit hallott, és aztán már sokkal nyugodtabban kérdezte.

– Biztos az, hogy megnősülsz? Biztos az is, hogy Klarice nem is akart gyerekeket?

– Igen, nagymama. Mindkettő így igaz.

A nagymama úgy gondolta, hogy akkor ez a nagy fordulat nem is annyira szörnyű, mint ahogy a legelején azt gondolta.

– Jól van, drágám! Majd én közlöm ezt a „kellemes" hírt Klarice szüleivel! – majd elmerengve mondta tovább: – Szóval nem is akart gyerekeket? Én pedig erről nem is tudtam! Ez felháborító! Alfréd nagyon örült annak, hogy nagymama egészen jól fogadta a változás hírét. Abban pedig nagyon bízott, hogy a Klarice-szal kapcsolatos információ még jobban megerősíti majd benne azt, hogy nem ő a helyes jelölt Alfréd számára. Alfréd felállt, és elköszönt tőle.

– Drága nagymama, én most indulok is, mert még nagyon sok elintéznivalóm van.

Boldogan hagyta el a kertet. A nagymama még utánafordult.

– Várj csak, és mikor fogod bemutatni nekem a leendő hitvesedet?

Alfréd már nem fordult vissza, csak vidáman integetve mondta:

– Hamarosan!

A nagymama kicsit furcsán nézett utána.

– Még ilyet... – és megcsóválta a fejét.

Alfréd már mindent elintézett azzal kapcsolatban, hogy hogyan és milyen körülmények között érkezzenek meg a kiállítás helyszínére Maggie-ék Kathie-vel. Napokkal korábban kapta meg a jó hírt a barátjától, hogy megtalálta Kathie szüleit, és megbeszélt velük egy találkozót Alfréddal. Így aztán Alfréd elmondott mindent Kathie szüleinek, és megbeszélték, hogyan lehetne Kathie emlékezetét visszahozni. Kathie anyukájának született az a nagyszerű ötlete, hogy a kiállítóterem és a szüleivel való találkozás bizonyára elősegíti a visszaemlékezést. Utána pedig felkereste Maggie-t és Franket, hogy elmondja nekik is a jó hírt. Így aztán megbeszélték, hogyan tudják eljuttatni Kathie-t a városba, a kiállítás helyszínére. Azon a bizonyos megbeszélt napon Kathie szülei és valamennyi jóbarátja már a kiállítóteremben várta Kathie-éket nagy izgalommal. Alfréd pedig a parkolóban, kissé távolabb az épülettől várta a megérkezésüket. Amint látta Kathie-t kiszállni a kocsiból, megint elővette a szívdobogtató érzés.

Semmi kétség. Kathie-t még a Jóisten is nekem teremtette. Közben mosolygott, és lassan ő is kiszáll a kocsiból, hogy messzebbről, feltűnés nélkül követhesse őket. *Minden úgy alakul, ahogyan kell* – gondolta. Nagyon bízott abban, hogy Kathie mindenre fog emlékezni. Persze őrá is, nem csak a múltjára... Ez hamarosan kiderül! Ezekkel a gondolatokkal lépett be a kiállítás termébe. Ahogy látta Kathie bizonytalan lépéseit, már sejtette, hogy valami szokatlan játszódik le benne. Arra viszont nem számított ő sem, hogy amikor meglátja az anyukáját Kathie, felismerve őt, el is ájul. Meglepetten odaszaladt Kathie-hez és felemelte a fejét.

– Kathie...– szólította, de Kathie nem reagált semmire.

– Hívjon valaki mentőt! – nézett fel.

141

Életképek

Kathie a kórház egyik szobájában kezdett ébredezni. Nem nyitotta ki a szemét, mert olyan emlékképek jelentek meg előtte, amelyek teljesen valóságosak voltak. Mintha újra átélné az életének egy részét.

Kathie a saját lakásában találta magát, indulásra készen. Még egyszer belenézett a tükörbe. Minden tökéletes – nézett végig magán. A karórájára pillantott. Hol lehet már Peter? Miért nem jött még eddig? Mindig olyan pontos. Mi történhetett vele? Már többször is hívta telefonon, de ki volt kapcsolva. *Most már mindegy. Elindulok nélküle. Ha ott lesz, ott lesz, ha nem, akkor pedig nem. Abbahagyom az idegeskedést. Ez az én napom, olyan sokat készültem rá. Végre megvalósul az álmom.* Fogta a kézitáskáját, bezárta a lakás ajtaját és beült a kocsijába. Ránézett az órájára. *Időben vagyok. Minden rendben lesz.* Vett egy mély lélegzetet és elindult. Meg is nyugodott. *Peter nélkül is meg tudom csinálni. Végül is ez nem az ő érdeme, hanem az enyém, és persze a szüleimé. Nagyon hálás vagyok nekik. Mindig, mindenben mellettem állnak. Jobb szülőket nem is kívánhatnék a Jóistentől.* Arra gondolt, hogy a szülei dicséretét bele fogja szőni a megnyitó szövegébe. *Igen. Mindenképpen így teszek.* Amíg vezetett, gondolataiban visszaemlékezett a gyermekkorára. Mindig szófogadó és kitűnő tanuló volt. Egy időben nagyon hiányzott neki egy testvér. Sokszor elnézte a társait, amint a testvéreikkel játszottak. A szülei azt mondták neki, hogy sajnos ez már nem lehetséges. Kathie elfogadta a választ és nem kérdezett vissza, hogy miért van ez így. A szüleivel sokat sétált és játszott a közeli parkban. Itt piknikeztek a barátaikkal együtt. A parkban nagyon sok ember töltötte el a szabadidejét. Mindenfélét csináltak, olyan volt, mint egy hatalmas játszótér.

A gyerekek és a felnőttek labdáztak, kerékpároztak, sétáltak. Volt, aki a padon ülve újságot vagy könyvet olvasott. Némelyek kisebb csoportokat alkotva tornáztak. Mindennap megjelent a fagylaltot áruló, és egy másik, léggömböket fújó férfi. Kathie mindig megcsodálta a parkban lévő szökőkutakat és a gyönyörű virágokat, ezek voltak a kedvencei. A szökőkútból csobogó víz friss illatot árasztott, és némi hűs levegőt is, ezért nyáron, a nagy melegben sokan időztek pár percet a szökőkút körül, hogy érezzék a hűsítő levegőt. Ilyenkor Kathie is többször odament, hogy a kezét belemártsa a jó hideg vízbe. Közben mosolyogva elnézte a vidám gyerekeket, akik egymásra locsolták a hűs vizet és kacagva szaladtak tovább.

Még felnőtt korában is érezte a testvér hiányát. Jókat beszélgetni, elmenni egy filmet megnézni, vagy színházba látogatni, egy-egy kávézóban sütit enni... Felhívni a másikat telefonon, hogy van, mi történt vele. Ünnepnapokon együtt tölteni az időt és örülni a másiknak, ajándékozni, és még sok minden eszébe jutott Kathie-nek, hogy mi mindent lehetne egy testvérrel közösen csinálni. Persze voltak barátai, de az nem volt ugyanaz. Néha kerülgették kellemetlen érzések amiatt, hogy neki megvan mindene, hogy több adatott meg neki az életben, mint a társainak. Ha valamit kimondott, a szülei azonnal előteremtették, pedig ő nem is könyörgött érte. Eleinte ez természetes volt a számára, de ahogy egyre idősebb lett, úgy kezdett neki szembe tűnni, hogy a társai nem kapnak meg mindent, mint ahogyan ő. Kathie ezért egyre szerényebb lett, és ha tehette, inkább elkerülte azt, hogy kérjen bármit is a szüleitől.

Kathie sosem élt azzal vissza, hogy a szülei nagyon jómódúak voltak. Igazán nagyon jó, harmonikus hármast alkottak. Az iskolai tanulmányai után a festészetet és a művészetet választotta újabb tanulmányainak. Már egyetemi évei alatt felfigyeltek a tehetségére. Minden álma az volt, hogy egy olyan, magas színvonalú kiállítása legyen, ahol megmutathatja az üvegfestői tehetségét. Végre elérkezett a nagy nap. Az első kiállítása. Ezen a kiállításon nem csak a kész munkái lesznek kiállítva, hanem a vázlatai is. Egy összetett kiállítást készített: a kezdeti alkotásoktól a jelenig. A barátai segítségét kérte, hogy mindez jól kivitelezhető legyen.

Közben eszébe jutott Peter. A férfit még az egyetemi éveiben ismerte meg. Nem volt első látásra szerelem, inkább valahogy összehozta őket az élet. Most pedig már hamarosan eljegyzik egymást.

Csak azt nem értem, hogy most hol lehet?

Kathie közben megérkezett a gyönyörű épület elé, ahol a kiállítást elkészítette. Már sokan várták őt. Leparkolt, és amint kilépett a kocsiból, nagy üdvrivalgás támadt. Kathie lesütötte a szemét. Nincs ő ehhez hozzászokva, hogy ennyire ünnepeljék. Apukája ért hozzá a leghamarabb, és egy nagy csokor virággal gratulált neki. A lépcsőhöz érve fotósok álltak elé és kérték, hogy maradjon pár percig a fotózáshoz. Kathie-t nagy szeretettel köszöntötték szülei és barátai. A kiállítóterembe lépve a terem közepére állt, és elmondta megnyitó beszédét, megköszönve a szülei és a barátai segítségét is. Végigbeszélgette a napot. Az ismerősei és még sosem látott emberek folyamatosan kérdezgették egyik-másik alkotásáról. Mindenkitől a dicséretet és az elismerést kapta. A megnyitó napján több alkotására is akadt vevő. Kathie nem is gondolta, hogy ennek a napnak ekkora jelentőségű sikere lesz. A kiállítás megnyitóünnepségét állófogadással fejezték be. Kathie nagyon meg volt elégedve. Minden igazán jól alakult.

Amikor hazaért, csak akkor jutott eszébe Peter.

Ez elég furcsa. Ő nem keresett meg egész nap, nekem pedig nem hiányzott egész nap.

Különös érzéssel ment lefeküdni.

Peter csak másnap jelentkezett, nagy bocsánatkérések közepette, és egy nagy csokor virággal gratulált Kathie-nek a kiállítás megnyitása alkalmából. Arra hivatkozott, hogy egy hatalmas üzletet kötött meg. Kathie egyik legszebb üvegfestésére kapott egy igazán kedvező és jó ajánlatot. Személyes megbeszélésen volt a vevőnél vidéken. Kathie végül is elfogadta Peter indokát, hiszen általában ő intézte Kathie üzleti dolgait, így igazából nem volt miért kételkednie. Vagy mégis? Amikor a legutóbbi alkalomkor a tengerparti házban voltak, Kathie azt vette észre, hogy hiányzik két alkotása. Amikor kérdőre vonta Petert, hogy nem tud-e valamit, hogy hol lehet ez a két kép, még a férfi volt felháborodva, hogy miért éppen rajta keresi.

Kathie meglepődött Peter kifakadásán, hiszen ő csak megkérdezte, de nem is jutott az eszébe, hogy vádolja miatta. A kérdés csupán kérdés volt, nem pedig vád. Emiatt gondolta azt Kathie, hogy esetleg nem mond igazat Peter. Egyébként is, hogy tehette a megbeszélés időpontját éppen erre a nagy napra? Kathie kezdett kételkedni Peterben. Arra gondolt, hogy ha ezt a képet tényleg eladta, akkor el fogja kísérni, és ő is szeretné látni a vevőt. Később, amikor arra került a sor, hogy Peter újra felkeresse a vevőt és véglegesítsék az üvegfestett kép vételárát, Kathie is vele ment, ami nagyon nem tetszett Peternek. Egész úton azon vitatkozott Kathie-vel, hogy a lány nem bízik meg benne.

– Eddig is mindig én intéztem az üzleti ügyeket, most miért kellett velem jönnöd? Hogy néz ki az, hogy itt van velem a festőművész is? Az eladás időpontjában? Teljesen le fogsz engem járatni! Olyan lesz ez a vevő számára, mintha felakarnám emelni az eladásra szánt áru értékét, mivel az alkotó is megjelent.

Peter teljesen kikelt magából, és szinte kiabált Kathie-vel, amin a lány nagyon elcsodálkozott, hiszen Petert még nem hallotta ilyen hangon beszélni. Kathie meglepetten érvelt.

– Én azért vagyok itt, mert szeretném megismerni azt a vevőt, aki az egyik legszebb és legkedvesebb alkotásomat megveszi. Valamint szeretném azt is látni, hogy hová fogja helyezni, hogyan fog mutatni a házban.

Peter egyáltalán nem értett vele egyet. Mérgében beletaposott a gázba.

– Megkérhetlek arra, hogy lassabban vezess? – kérte Kathie, mert egy nagyon kanyargós útszakaszon mentek az erdő közepén. De Petert ez szemmel láthatóan hidegen hagyta.

– Szerinted ez érdekel most engem? – kérdezett vissza, és még nagyobb sebességbe kapcsolt. Kathie most már megijedt.

– Peter, hagyd abba! Lassíts már! Nem érted?

Közben Kathie már megkapaszkodott az ülésben, jól sejtve azt, hogy valami baj fog történni. Egyszer csak egy nagy őz került a kocsi elé, amit már Peter nem tudott kikerülni, ezért elrántotta a kormányt és megpróbálta a kocsit visszairányítani az útra, de a nagy fékezésben felborult az autó, és hatalmas csattanással egy fának ütközött. Az autóban hiába volt légzsák, mert Kathie még így is nagyon beverte a fejét. Mozdulatlanul, meredten nézett maga elé, mert nem bírta megmozdítani a fejét sem. Érezte azt, hogy a vér ömlik a fejéből, és végigcsorog a bal szemén, az arcán a nyakába. Aztán már csak arra emlékezett, hogy Peter odahajolt hozzá és teljes nyugalommal, minden aggodalom nélkül azt suttogta neki: „Megérdemelted, mert nem hittél nekem." Kathienek, még mielőtt elveszítette volna az emlékezetét, Peter a látóterébe került, és telefonon beszélt. „Minden rendben..." – mondta, közben nyugodtan elsétált.

Kathie mély fájdalmában látta őt egyre távolodni. Könny csordult ki a szeméből. A kórházi ágyon Kathie-nek ekkor nyílt ki a szeme, és ismét könny csordult ki belőle. Még egy jó ideig nem mozdult meg. Most is ugyanazt a fájdalmat érezte a szívében, mint amikor még eszméletén látta őt távolodni. Peterre gondolt. Nem értette, hogyan tehette azt meg, hogy olyan nyugodt szívvel otthagyta a baleset után.

Hol is vagyok? – gondolta, és megpróbált körbenézni. Lassan minden emléke visszatért. Az ágya mellett, a székben az anyukája ült lehunyt szemmel. Kathie látta, hogy nem alszik... talán inkább imádkozik érte.

– Anyukám – mondta neki halkan, mert nem akarta megijeszteni.

Kathie anyukája rögtön felemelte a fejét, és sírva ölelte meg, majd puszit adott a homlokára.

– Drága lányom! Végre itt vagy nekünk! Szólok az orvosnak, és mindazoknak, akik kint várnak rád! – ezzel az anyukája nagy boldogan, sírva kiment.

Kathie hallotta, ahogyan a kint várakozók örömmel fogadták a hírt róla. Kathie pedig elmosolyodott.

Mégiscsak vannak egy páran, akik engem is szeretnek – gondolta.

Az orvos egyedül jött be, megvizsgálta és kikérdezte afelől, hogyan érzi magát, emlékezik-e mindenre. Kathie mindenre megfelelően válaszolt, így most már az orvos megengedte, hogy a hozzátartozók és ismerősök, akik kint várakoztak, kettesével és nagyon rövid ideig bemenjenek hozzá. Elsőnek a szülei érkeztek, és boldogan vették tudomásul, hogy a lányukkal minden rendben van. Majd a barátai jöttek be hozzá, de volt, aki csak bekukucskált és köszönt: „Majd találkozunk, ha jobban leszel és megerősödsz".

Kathie nagy várakozással fogadta Maggie-t és Franket.

– Nekünk nem lesz elég ez a pár perc – mondta neki mosolyogva Maggie –, de úgy gondolom, hogy ez most itt mindenkinek kevés. Az a lényeg, hogy végre megvannak az emlékeid. Most már minden rendben lesz. A többit pedig majd később megbeszéljük.

Maggie és Frank is megölelte, majd az asszony azt mondta neki:

– Még egy ideig itt maradunk a városban. Addig, amíg igazán fel nem épülsz, és haza nem engednek.

Kathie nagyon hálás volt nekik.

Nemsokára bejött az orvos.

– Úgy látom, hogy mindenki kapott lehetőséget pár perc erejéig. Kérem, hogy menjen el mindenki, és hagyjuk a beteget pihenni. Köszönöm – és szépen kitessékelte Maggie-éket is.

– Kérem, aludjon – bólintott az orvos, és becsukta az ajtót.

Kathie tényleg elfáradt egy kicsit a mai nap történéseitől.

– De valaki hiányzik – mondta ki hangosan. Elkezdett az emlékeiben kutatni. Ki is hiányzik? Hogy nem Peter, az már biztos! Persze, megvan! Alfréd úr... *Vajon ő most hol lehet? Honnan is tudhatná azt, hogy mi történt velem? Azt sem tudja, hogy ki vagyok. Csak egy kissé bugyuta nő a birtokról. Nagyon szép kilátásaim vannak! Hogyan mehetnék én elé? Hogyan ismerhetném meg őt? Hiába kaptam vissza az emlékeimet, ő nagyon távol van tőlem. Az is lehet, hogy már feleségül is vette azt a nőt.*

Ezen gondolkodott. Valamilyen furcsa fájdalmat érzett a szívében. Becsukta a szemét, szemhéja alól könny csordult, miközben lassan elaludt. Jó sokáig aludt, mert csak reggel ébredt fel. De ahogy kinyitotta a szemét, határozottan érezte, hogy sokkal jobban van. Nagyon jót tett neki ez a nagy alvás.

De mi ez az illat?

Oldalra pillantott, és meglátott az ágya melletti asztalon, vázában egy nagy csokor virágot.

Ez gyönyörű! Vajon ki hozhatta?

Egy szép kis üzenőkártyát talált a váza mellé állítva. Kathie kíváncsian nyitotta ki.

Vajon kitől lehet, csak nem Petertől?

Kissé csodálkozva, de boldogan olvasta, hogy Alfréd úr hozta a virágcsokrot és ő írt neki üzenetet.

„Üdvözöllek ebben a szép, új életedben! Kérlek, bízz bennem! Szeretettel, Alfréd!"

Kathie értetlenül olvasta el újból és újból. Azon töprengett, hogy Alfréd úr miért hozott neki virágot, és miért írt neki egy ilyen üzenetet.

Honnan tudja azt, hogy én itt vagyok, és egyáltalán miért érdekli ez?

Több kérdése is lett volna még Alfréd úrral kapcsolatban, de nyílt a kórterem ajtaja. Váratlanul Alfréd úr állt az ajtóban, és lassan becsukta maga mögött az ajtót. Kathie meglepetten próbált felülni, elkezdte rendezni a kissé kócos haját és arra gondolt: *Éppen most kellett idejönnie? Az első találkozásunk itt, a kórházban van? Hogyan nézek én ki?*

– Szervusz, Kathie! Hogy érzed magad? – kérdezte Alfréd.

Alfréd már előző nap is bent volt délután a kórházban, hogy megnézze Kathie-t, hogy van. Igaz, Maggie-ék elmondták neki, de ő mindenképpen látni szerette volna. Elment, hogy vegyen egy csokor virágot és azt behozta a kórházba, majd odaadta az egyik nővérnek, hogy hozza be Kathie szobájába, a megírt üzenőkártyával együtt. Végül mégsem ment be Kathie-hez. Úgy gondolta, hogy pihennie kell, és ő nem akarta a mondandójával még jobban felzaklatni.

Másnap reggel már a kórházban volt, és fel-alá járkált Kathie kórterme előtt, izgatottan próbálva összeszedni a gondolatait, hogyan is mondja el Kathie-nek mindazt, amit ő érez iránta.

Ha a Kathie szemszögéből nézem az egész történetet, ő úgy tudja, hogy én most készülök elvenni egy gazdag nőt. Mit is mondjak neki, hogy ne ijesszem meg?

Lassan benyitott a kórterem ajtaján. Örömmel látta, hogy Kathie már sokkal jobban van. Köszöntötte őt.

– Szervusz, Kathie! Hogy érzed magad? – kérdezte tőle. – Megengeded, hogy leüljek?

Kathie bólintott.

– Természetesen.

– Arra gondoltam – kezdte Alfréd –, hogy talán onnan kezdem el a történetem elmondását neked, amikor először megláttalak a Tavaszi Fesztiválon.

S Alfréd mindent elmondott, egészen pontosan és részletesen. Voltak olyan részek, amelyen mind a ketten jókat nevettek. Kathie is elmondta Alfrédnak, hogy ő hogyan érezte magát egy-egy közös történetükben. Milyen élménnyel töltötte el őket a tánc, az istállóban való találkozás, a házban lévő futás. Kathie-nek önkéntelenül is eszébe jutott az eljegyzési partin történt csók a parkban. Most már értette azt is, hogy miért mondta azt neki Alfréd, hogy bízzon meg benne. Egyszer csak az orvos lépett be a kórterembe az egyik nővérrel. Megkérte Alfrédot, hogy egy rövid időre menjen ki.

– Később még visszajövök – mondta Kathie-nek.

Kathie boldog mosollyal nézett rá. Az orvos megvizsgálta, és mindent rendben talált.

– Úgy gondolom, hogy megírom a zárójelentést és haza is engedem.

Kathie ennek nagyon örült, csak azt nem tudta, hogyan fogja a szüleit és Alfrédot értesíteni. Ekkor kopogtattak az ajtón, és egy rendőr lépett be.

– Elnézését kérem, doktor úr! Szeretném megkérdezni, hogy tudok-e beszélni a beteggel, mert szeretnék feltenni neki pár kérdést a balesettel kapcsolatban.

Az orvos engedélyt adott rá, és a nővérrel együtt kimentek a kóteremből. A rendőr kérdéseire Kathie kétféle szemszögből tudott válaszolni: az emlékezet előtti gondolataival, és a jelenlegivel. A rendőr mindent felírt.

Kathie a rendőrhöz fordult.

– Kérem, mondja meg, hogy jelenleg hol tartózkodik Peter?

A rendőr úgy válaszolt, hogy közben fel sem nézett a jegyzet írása közben.

– A rendőrkapitányságon van, egyelőre őrizetben.

Kathie gondolkodóba esett.

– Meddig lesz ott?

– A mai nap folyamán elviszik máshova a bírósági tárgyalásig.

Kathie már alig várta, hogy elmenjen a rendőr. Nagyon jól emlékezett arra, hogy a Rendőrkapitányság nincs messze a kórháztól. Amikor a rendőr elment, Kathie gyorsan felöltözött és rendbe hozta magát. A recepción lévő nővérnek elmondta, hogy hová megy, és hogy hamarosan visszajön a zárójelentésért.

A hangokon túl...

Kathie dühösen lépett be a Rendőrkapitányság épületébe. Arra gondolt, hogy amint Peterrel találkozik, keresetlen szavakkal jól megmondja neki a véleményét. Úgy kiosztja, hogy ő még olyat nem kapott senkitől, de erre emlékezni fog, az már biztos! Az első rendőr megállította.

– Jó napot! Kit keres és milyen ügyben jött? Miben tudok segíteni?

Nagyon kedvesen beszélt Kathie-vel, így aztán segítséget kért tőle, hogy beszélhessen a vőlegényével. A rendőr egy külön helyiségbe, egy rácsos ajtó elé vezette.

– Nyugodtan beszéljen vele. Itt nem fogja zavarni senki – majd el is ment.

Kathienek, ahogyan lassan egyre közelebb lépett a rácsos ajtóhoz, teljesen megváltoztak az érzései. A nagy dühöt felváltotta a bánat és a fájdalom érzése. Lassan odaért az ajtó elé, és meglátta Petert az egyik sarokban magába roskadva. Peter egyszer csak felpillantott, és könnyes szemmel nézett Kathie-re. Már mindent megtudott róla, a rendőrök elmondták neki.

Felállt, és kérlelőn lépett egyre közelebb Kathie-hez.

– Kérlek, ne haragudj rám! Mindazt, ami a balesetnél elhangzott, csak azért mondtam, mert dühös voltam rád, de nem gondoltam igazán komolyan!

Kathie hátralépett két lépést, és könnyek csordultak ki a szeméből. Újra megjelent előtte, amikor azt mondta neki Peter, hogy megérdemelte a balesetet, mert nem bízott meg benne, és utána őt magára hagyva nyugodtan elsétált. Kathie nem tudott megszólalni. A mérhetetlen fájdalom és csalódottság érzése ugyanúgy megérintette, mint a baleset idején.

– Kathie, kérlek, hallgass meg!

Kathie a könnyein át nézett rá, és már nem hallotta meg Peter hangját.

– Kathie, kérlek!

A lány lassan megfordult, és a fájdalom érzésével hagyta el a helyiséget.

A rendőrség épületének folyosóján leült egy székre, és az elmúlt hónap eseményeire gondolt. Rádöbbent arra, hogy a baleset által sok olyan dolog történt vele, ami még jobbá tette az életét. Olyan emberek léptek az életébe, akiket nagyon megszeretett. A fájdalom kezdett fokozatosan elmúlni a szívéből, és helyére a hála és a szeretet érzése került. Letörölte könnyeit, és hirtelen felállt a székből. *Várnak rám a szeretteim, és egy új élet!*

Ezzel az új érzéssel indult el.

A kapitányság épületéből kilépve meglátta a szüleit, Maggie-éket és Alfrédot. Arcukon aggodalom volt. Kathie mosolyogva sietett feléjük.

– Szervusztok! Nagyon sajnálom, ha megijesztettelek benneteket. Ezt meg kellett tennem, és most már sokkal jobban érzem magam. Köszönöm, hogy itt vagytok nekem. Mindegyikőjüket átölelte.

Alfréd már alig várta, hogy végre bejelentse nekik, hogy nagyon sok dolguk van, mert az esküvőre még készülődni kell.

– Két hét, és itt van az esküvőnk!

Kathie csak pislogott rá értetlenül.

– Mi van? Milyen esküvő?

Alfréd Kathie elé állt, és azt mondta neki:

– Drága Kathie! Talán nem a rendőrség előtt kellene megkérnem a kezedet, de ha esetleg nemet mondanál, rögvest fel is jelenthetnélek, szívrablás miatt elkövetett bűncselekménnyel őrizetbe vetetnélek, és a bírósági tárgyaláson a saját birtokomon kérném ennek a jóvátételét, egészen az életed végéig.

Kathie és az Alfrédot körülvevők is nagyban mosolyogtak Alfréd szavain.

– Különben is, kihasználom azt a helyzetet, hogy ilyen sok szeretetre méltó ember vesz körül bennünket, és így biztosan nem mersz majd nemet mondani nekem. Tehát – közben Alfréd letérdelt Kathie előtt –, Kathie Lamberg, ezennel megkérdezem tőled, hogy hozzám jössz-e feleségül? Lennél-e az én drága nejem egy egész életen át?

Hogy hogyan varázsolt elő egy nagy csokor virágot és egy gyönyörű eljegyzési gyűrűt, amit odanyújtott Kathie-nek, arra már senki nem emlékezett...

*

Pár évvel később

Kathie belekarolt Alfrédba, úgy mentek ki a parkba a házból kiszaladó és kiabáló gyermekeik után. A kerti asztalnál már várták őket: a nagymama, Kathie szülei és Maggie-ék. Ahogy odaérve leültek, Kathie nem győzött szabadkozni a gyerekek miatt.

– Bocsássatok meg, a gyerekek a szokásos lendülettel vannak. A nagymama rögtön a pártjukra állt.

– Ugyan, nem olyan nagy baj az, ha a gyerekek energikusak. Hiszen minden megvan bennük, ami a de Cordé családban kell; engedelmesek és szófogadóak, a játékos lendület pedig elengedhetetlen ahhoz, hogy felnőtt korukra határozott jellemük legyen! A nagymama boldogan nézett a nevetgélő, szaladgáló ikrek után. Ennél nagyobb örömöt már el sem tudott képzelni. Egyszerre lett meg a várva várt két dédunoka, egy fiú és egy lány. A két 4 év körüli gyermek most a nagymamához szaladt, és hangosan mutatták meg a szerzeményeiket egy-egy kis vödörben.

– Nézd, dédi, mit találtunk!

Egy-egy kis csiga volt a vödrökben. Közben mind a ketten átölelték őt, és már szaladtak is tovább.

– Keressünk még többet!

A nagymama kacagva nézett utánuk, majd Kathie-ék felé fordult.

– Kell-e nekem ennél nagyobb öröm, mint ez a két gyermek?

Ekkor Maggie arra kérte Kathie-t, sétáljanak egyet a gyerekek után, mert szeretne vele megbeszélni valamit. Majd belekarolt a lányba. Maggie el is kezdte a mondandóját.

– Egy fontos üzenetet szeretnék neked átadni Marytől.

Kathie megállt, és csak kérdőn nézett Maggie-re.

– Már évek óta nem hallottam felőle. Hogy van mostanában Mary?

Tovább sétáltak, és Maggie folytatta:

– Azt te is tudod, hogy az első gyermekét megszülte, és nagyon jól tudjuk, hogy ki az édesapja. Jelenleg az a helyzet, hogy

154

Peter, amikor letöltötte a büntetését, megkereste Maryt, mert nem tudta elfelejteni, hiszen nagyon megszerette. Így szembesült azzal, hogy neki van már egy gyermeke. Mary és Peter öszszeházasodtak. Nagy a boldogság, már csak azért is, mert Mary újra gyermeket vár.

Kathie mindezeket örömmel hallotta, mert nem haragudott egyikőjükre sem. Maggie folytatta:

– Mary azt üzeni neked, hogy sok boldogságot kíván az életedben, és a bocsánatodat kéri azért, mert már akkor megszerette Petert, amikor még hozzád tartozott.

Kathie-t ez a hír és Mary üzenete egyáltalán nem zavarta. Érezte ő azt, hogy Peter nem a legjobb választás a számára, így nyugodtan mondta Maggie-nek:

– Kérlek, mondd meg Marynek, hogy én nem haragszom rá. Éljenek nagy szeretetben és békességben!

Maggie és Kathie örömmel sétáltak tovább a gyerekek után a gyönyörű napsütésben.

Nagy Zsófia
Kondoros, 2020. március 18–június 20.

A szerző

Nagy Zsófia Szarvason született. Napjainkban a teológiai egyetemen folytat tanulmányokat. A természetes gyógymód már gyerekként is érdekelte. A mai napig folyamatosan fedezi fel a természet csodálatos működését, ahogyan gyógyító hatással van az emberi szervezetre.

A könyvben megírt mély lelki érzés az ő életében is átélt, de más élethelyzetben. Ezután valóban teljes fordulatot vett az élete. A kilátástalan, mély pontból, amikor már nem tudta,hogyan élhet tovább egy jobb életet, egyszer csak egy sokkal jobb élethelyzetbe került. Egy lelkileg kiegyensúlyozott és anyagilag is biztonságos életben találta magát. Az addig megélt élete átértékelődött, a társadalomban élt szerepe gyökeresen megváltozott.

Jelenleg anyukájával, gyermekeivel és unokáival él boldog életet.

Hobbija a kertészkedés. A szabadidejében, az üvegfestés és a quilling technikával készített ajándéktárgyak elkészítésével, örömet akar adni az embereknek a szívükbe, a lelkükbe.

Értékelje
ezt a könyvet
honlapunkon!

w w w . n o v u m p u b l i s h i n g . h u